dear+ novel
Noroware akuyakureisokuwa aisaretai ・・・・・・・・・・・・・・・・・・・・・

呪われ悪役令息は愛されたい

八月　八

新書館ディアプラス文庫

呪われ悪役令息は愛されたい

contents

呪われ悪役令息は愛されたい……………005

愛され悪役令息はもっと愛されたい……173

あとがき………………………………252

illustration : ホームラン・拳

呪われ悪役令息は
愛されたい

目が覚める。

ああ、今日も憂鬱《ゆううつ》な一日が始まる。

1

（何で僕が、こんな目に……っ）

王国でも三本の指に入る名門貴族カウペルス家の三男であるディルクは苛立《いらだ》っていた。

脂肪に押し上げられて小さくなった翡翠色《ひすいいろ》の目でキョロキョロと辺りを見渡すが、背の高い草と木に囲まれ太陽さえも遮《さえぎ》られていて昼間のはずなのに薄暗い。

ディルクは今、王立学園の課題学習中で広大な学内で一人、迷子になっていた。貴族の子息《しそく》子女《しじょ》が通う王立学園は、親に連れられて社交の場に出てもよい八歳から十五歳までが初等部、公式の場でなければ一人もしくはパートナーとの参加が可能な十五歳から十八歳までが上等部となっており、間違いがないように女子と男子は校舎も離れていて授業も一緒にはならない。

学習内容の中に長い期間をかける構外学習があり、上等部二年のディルクに課せられたのは、クラスの中でいくつかのチームに分かれて、この学園の歴史を探り、それをレポートにして提出するというものだった。王立学園の創立は古く、学内は広い上にそこかしこに歴史的価値のある建造物などもあった。この課題は、自分の通う学園を学ぶと同時に、歴史研究の手法とチームワークを養う事を目的にされている。

「馬鹿馬鹿しい」

呟くディルクの声に応《こた》える声は無い。ディルクは王族の血を引く由緒《ゆいしょ》正しき公爵家の令息《れいそく》であり、成績も優秀だ。しかしチーム分けの際、誰もがディルクから目を逸《そ》らした。理由は簡単、ディルクが普段から横暴《おうぼう》で友達が一人もいなかったからだ。それでも公爵家ともなれば、利を求めて寄って来る者が多いだろうに、ディルクはその複雑な家庭環境と立場、そして本人の性格で周囲に人が寄って来る事もなかった。なまじ寄ってきた所で、偏屈《へんくつ》で性悪《しょうわる》なディルクが追い払って終わりだ。

いや、一人。一人だけチーム決めの時に声を掛けてきた生徒がいた。

「ディルク様、良かったら……」

淡い青色の髪をした、目鼻立ちのハッキリとした顔の少年。ミヒル・ファンデルロフという名のその少年の事が、ディルクはこの世で一番嫌いだった。

「お前の様な貧乏子爵《ししゃく》の後妻《ごさい》の生まれが、軽々しく話しかけるなと何度言わせる！　おおかた僕に課題をこなしてもらおうと思っているのだろうが、図々《ずうずう》しいにも程がある」

当然口汚く罵《ののし》り拒絶をしていたら、他のクラスメイトがそそくさとミヒルを連れて行った。後から出てくるくらいなら、最初から止めてほしいものだ。

結果、ディルクは人数の足りないチームに無理やり入れられたが、授業が始まってすぐに別行動をした。決して置いて行かれたのではない。ディルクも最初からそのつもりだったのだ。だから悔しくなんてない。

しかし肥満体と言って過言《かごん》ではない体型でろくに鍛《きた》えていないディルクでは、行く手を阻《はば》む背の高い草で覆《おお》われたこの地から抜け出すのは難しい。

「クソ、こんな時に護衛がいないなんて、何て役立たずなんだ」

ディルクには専属の護衛が一人いるが、学内に同行することは無いのでこれは完全なる八つ当たりだ。実際傍《そば》にいたとしても、あの護衛が自分を助けるとも思わないのもあるが。

目に付いた木の枝を拾って、これでと背の高い草を払いのけようと手を振った。

「……イッ!」

その際に当たった草で擦《す》り傷を作った。行き場の無い苛立ちと痛みに、足を踏みしめて、ため息が出た。誰もいない。静かだ。自分からこんな場所に来たはずなのに、まるで今の自分の立場を表している様に思えて足が進まない。

「…………馬鹿馬鹿しい」

しばらくの沈黙の後、もう一度呟いて動かない足を無理やり前に出す。こんな所に一人で立ち止まっていたって、誰も助けてなどくれない事はディルクも分かっていた。

「大体誰かの助けなんて無くても、僕は由緒正しいカウペルス公爵家の者で、優秀なんだ。いずれは出世して、後で媚《こ》びて来たって無駄だって笑ってやる」

自分を鼓舞《こぶ》する様に、わははと笑って再び足を踏み出すと、突如《とつじょ》として浮遊感がディルクを襲った。気付いた時にはもう遅く、そのまま地面だと思っていた空虚に吸い込まれる様に転がり落ちて行った。

「わ、わ、わ！　いたぁ……」

バキリという小さな破壊音と共に尻もちをついて辺りを見渡すと、そこはまるでぽっかりと、円状にくり抜いたかのように整備された場所だった。広さはそんなにない。その中心に拳《こぶし》三つ分くらいの大きさの岩と言うには小さすぎる石が不自然に鎮座《ちんざ》していた。

さっきの音の正体は、ディルクの尻の下で潰れている小枝の破片だろう。

「何だこれ……学園内にこんな場所があったのか」

初等部の時から通っているが、こんな場所は聞いた事が無い。これなら構外学習の題材にちょうど良いのではないかと、石を調べるが、何も書いていないし持ち上げようとしても大した大きさではないのにビクともしない。周辺を探るも、何もない。ただこの場所だけ草が短く刈られていて、石が鎮座している。それだけだ。

「何だよ、期待させやがって！」

ガンっと思い切り石を蹴《け》るが、当たり前にディルクの足がダメージを負《お》う結果となった。

「い……ぅ～～……」

誰も見ていないと思って、ディルクはしゃがみ込んで足を抱えて唸《うな》っていた。が、そのディルクに声を掛ける者がいた。

「ああ、困った子だね」

しゃがれた声が聞こえ、ディルクは恥ずかしい場面を見られたと勢いよく振り返って睨《にら》みつける。

妙な男が、さっきまで誰もいなかったはずの場所に立っていた。

（男……？　女性かも……？）

しゃがれ声でてっきり老人だと思ったが、目の前の人物はディルクよりも背が高く、腰も曲がっていない。男と思ったが、長い髪で妙になまめかしくも見え、女かもしれないと思い直す。白髪に見えた長い髪は、木々の隙間から差し込んだ陽《ひ》の光を受け、キラリと光って銀髪なのだと分かった。上下ともに白くひらひらとした服を着ており、あえて言うならば神殿で見る神官の服に似ている。とにかく何もかもが曖昧《あいまい》で妙な人物だった。

「その石は大事な証《あかし》なのだよ。どうして蹴ったりしたの？」

しゃがれ声は男の声にも老婆の声にも聞こえて、混乱しながらも気を持ち直したディルクは答えた。

「何も書いていなかったじゃないか、知らないね。それよりお前は誰だ？　学園の関係者には見えないな。衛兵を呼ぶぞ」

学内には防犯の為に衛兵が駐在している。絶賛迷子中のディルクだったが、生徒には緊急時の錬金《れんきん》アイテムが配られており、それを使えば教師に連絡が行く。ちなみに迷子になっても使わなかったのは、プライドの為だ。

「ふふ、関係者だよ。私はフレイダッハ。この神殿を守る魔法使いさ」

「神殿？　そんなものどこにも無いだろう。大体魔法使いって……」

よりにもよって、愛と美の女神の名を名乗る相手に鼻白《はなじろ》みながら口を開くが、いつの間にか近寄っていたフレイダッハが屈《かが》んでディルクを覗き込んでくる。体を後ろに引こうとしたが、腰に例の石が当たった。

「……僕を誰だと思っているんだ？　妙な事をしたら……」

「困った子だ。そして可哀そうな子だ」

言われた言葉を理解する前に、カッと頭に血が上るのが分かる。

「何を……っ！」

噛みつかんばかりに口を開いたディルクの唇に、そっとフレイダッハの指が添えられた。声が出なくなった。目の前のフレイダッハが笑う。初めて目が合った気がした。紫かと思ったらいくつもの色が混じりあったかのような目だった。

あの独特の声が響く。

「私はフレイダッハ。愛の魔法使いだ。愛を知らない可哀そうな子。君に素直になれる魔法を掛けてあげよう」

そうして、ディルクの意識は闇に溶けた。

どこからか、声が聴こえる。まだ寝ていたい。寝ている時はあの気持ちが湧いてこないから、ずっと寝ていたいのに。それなのに声は絶えずどんどん大きくなっていく。ああ、目が覚める。また憂鬱《ゆううつ》な一日が始まる。

「――――ィルク様！　ディルク様！」

「ッ⁉」

視界に飛び込んできたのは、いつも冷めた目をしている自分の護衛騎士だった。

フリッツ・レーンデレス。

ダークブロンドの髪に落ち着いた雰囲気で、二十代半《なか》ば。二年前からのディルクの専属護衛だ。ディルクが何を言っても動じないその態度と目が、ディルクは見下されている気がして初対面から気に入らなかった。

表向きは従いつつもディルクの事など興味が無いのだろうと思わせる態度に、何度もムカついて辞めさせようとしたが、フリッツは縁故でカウペルス家に来たようで思い通りにいかなかった。

そんな関係だったが今は少し様子が違う。

体を起き上がらせ、辺りを見渡すと、フリッツの他に自分と同じチームだった者を始め、クラスメイトが数人と教師もいた。

「え……？」

状況が飲み込めずにいると、その中の一人、ミヒルが目に涙を溜めて安堵の息を出した。

「ああ〜良かったぁ！　ディルク様ったらピクリともしないから焦《あせ》った〜！」

「本当にありがとう、ミヒルくん。ディルク様、ミヒルくんにお礼を言って下さい」

「は？　何言って……」

まるで保護者の様な物言いとディルクには見せないミヒルへの柔らかい態度に苛つきながら何だって自分がミヒルにお礼なんか……とム、とする。聞けば構外学習の時間を終えても集合場所に戻ってこないディルクを皆で探しており、見つけてくれたのがミヒルだという。何かあった時のために、護衛騎士のフリッツも呼ばれての大捜索だったそうだ。

「まさかこんな中庭の側《そば》で見つかるとは……」

「中庭？」

改めて辺りを見渡すと、そこはあの石の場所ではなく、中庭から少し森に入った場所だった。

「ケガも擦り傷と足を捻《ひね》った程度ですね」

校医も呼ばれていたらしく、そう診断された。言われてみれば、あの石を蹴った時の痛みかこれは、と一人納得をしていると、周囲のクラスメイトが何かに気付いて声を上げげた。

「殿下！」

やって来たのは、見事な金色の髪に緑の瞳の美青年と彼を守る様に付き従う赤髪の青年と、小柄なダークブラウンの髪の少年だった。現在学園に唯一在籍《ざいせき》する王族である、アルフォンス・カルス第三王子とその側近《そっきん》候補である騎士見習いのバルトルト・エイケン、従者見習いのセルス・ベイルの登場に、周囲が沸くのが分かった。

校内に護衛を連れていけないと言っても、王族ともなれば物心ついた時からいずれ側近となる者がいる。それがアルフォンスと同じ上等部三年生のバルトルトである。さらにセルスはその優秀さを見込まれ、上等部一年生にして従者見習いになっている。

そしてこのアルフォンスとディルクは、幼なじみで従兄弟《いとこ》関係に当たる。

誰もがディルクが行方不明になっていたと聞いて、心配して来たのかと思った。しかし、アルフォンスは真《ま》っ直《す》ぐにミヒルに向けて歩を進めて、いまだ地べたに座っているディルクを通り過ぎた。

「……っ！」

「約束の時間になっても来ないから、探したぞ、ミヒル」

「あっ、えっとすみません！　ディルク様が……」

ミヒルに言われて初めて気付いた様に、アルフォンスの目がディルクに向けられ、同じ翡翠色がぶつかる。

「ああ……ディルクか。相変わらず、周囲に迷惑を掛けている様だな」

それだけ言うと、見るのも不快とばかりに目を逸《そ》らされた。これが、ディルクが公爵家でありながらクラスメイトからもそっぽを向かれる理由の一つだ。いくら公爵家と言えど、王族に嫌悪《けんお》されている相手に取り入るのは、権力闘争において悪手《あくしゅ》だ。

「そんな言い方……ディルク様はケガをされているんですよ」

ミヒルが王族に対し強気に言った事により、土埃と擦り傷にまみれて地べたに座る自分に再び注目を集められ、ディルクは屈辱に歯を食いしばった。なるべく優雅に見える様に立ち上がる。足首がずきりと痛んだが、顔には出さない。

「お前に同情されるほど落ちぶれていない」

ミヒルを睨むと、それを阻む様にバルトルトが間に割り込んできた。

「庇《かば》ってもらっておいて、そんな言い方は無いだろう」

「庇われてなんていません。大体あなたの身分で僕に物申すつもりです？」

バルトルトは現騎士団長の次男であるが、爵位《しゃくい》だけで言うならば伯爵家だ。王族の傍系《ぼうけい》である公爵家とは比較にならない。ぐ、とつまるバルトルトに今度はセルスが進み出てきた。

「学内で家の爵位をひけらかすなど、品の無い事をなさらないでください先輩」

北部の先住民族の血が流れているとかで、珍しい紫の不思議な瞳でじっと見返してくる。

「先輩」というのも嫌味でしか使っていないだろう事が分かる。

「家の格は大事な事でしょう？　揃いも揃って、地方の田舎子爵の子を構っているあなた方の方がどうかと思いますがね。大体バルトルト先輩はいつから殿下ではなくその田舎子爵の息子の護衛になったんですか？　……ん？」

　バカにしたように鼻で笑って「先輩」呼びをやり返してやった瞬間、ドクリ、と下半身に妙な感覚が走った。

（何だ……？）

　急に心拍数が上がった気がして、動揺するが目の前には自分を嫌悪して顔をしかめる相手がいるので気を抜けない。

「それは……」

「いい。相手にするな、バルトルト。大体家の格と言うならば、これが私に逆らう事自体が矛盾しているんだ。……家だけではなく、本人の格であるならば、尚更な」

「！」

　冷たい言葉の刃《やいば》を突き立てられ、二の句を継げなくなったディルクにはもう見向きもせず、アルフォンスは踵《きびす》を返し、バルトルトとセルスもそれに従う。ミヒルがその両方を見て、どうしようかと迷っているのに気付いて、フリッツがディルクに声を掛けてくる。

「ディルク様、何はともあれミヒルくんにはお礼を言わないと」

　ミヒルに見つけてもらったのは分かっている。それでも王族に嫌悪され、散々こき下ろされ、ミヒルを庇われた後であるタイミングが、ディルクの頭に血を上らせた。

「探してくれなんて頼んだ覚えも無い！　八方美人のいい子ぶりっこが、目障《めざわ》りだ、消えろ！」

その瞬間、先ほど感じた感覚が何倍にもなって、ディルクの体を駆け抜けた。

「⁉」

「何てことを……すまない、ミヒルくん。後日カウペルス家から礼をさせていただきます」

「あ、いえ、そんな気にしなくて……」

二人の会話も聞こえず、ディルクは覚えのあるその感覚を抑《おさ》えようと必死だった。

ミヒルがアルフォンスたちを追って行き、教師やクラスメイトもようやく捌《は》けた所で、耐えきれずにしゃがみ込んだ。

（まずいまずいまずい！　何で今⁉）

「ディルク様？」

「っ！」

フリッツに怪訝《けげん》そうに声を掛けられ、ビクリと体が震えた。そうだった、まだコイツがいたんだった。

「まだどこか痛むんですか？」

「いい……放って……おけ……」

うずくまるディルクを膝をついて覗き込んでくる。

「いや、そうもいかないでしょう。歩けます？　校医を呼びますか？　それとも家で医師に診てもらいます？」

（いつも僕の世話なんて面倒そうに最低限しかしないくせに、何でこういう時だけ！）

そうこうしている間にも、ディルクの体には、ある感覚が放出を求めて暴れまわっている。

「いいから……あっち行け……！」

「だからそうもいかないんですって。わざわざ学園から呼び出されたんで、今日はもうディルク様を連れて家に帰らないといけないんですよ」

ドクンドクンと血液を沸騰《ふっとう》させるように心臓が動いているのが分かる。どうすべきか、考えようにも頭に血が来ない。全てが一定の場所に集まっていく。

うずくまり、体を丸めて息が荒くなっていくディルクに、本当に具合が悪くなって来たのかとフリッツも困り始めた。

「ディルク様？　校医を呼んでくるのと、屋敷に帰るのとどちらが良いです？」

「い……いえ……」

蚊《か》の鳴く様な声で答えるディルクの丸々とした姿に、フリッツも覚悟を決めた。

「ヒッ⁉」

急に抱き上げられて、ディルクの喉《のど》から小さな悲鳴が出る。それに辟易《へきえき》した様子を隠しながら、フリッツが答える。

「歩けないみたいですから、このまま馬車に運びますね」

「……ぁ……わ、かった……」

ビクビクと小さく震えながらも素直に返事をしたディルクに本当に具合が悪いのかと意外そうに見ながら、フリッツはぽっちゃりを超えているディルクを軽々とまではいかないが、無事馬車まで運び帰路《きろ》についた。

(何だこれ何だこれ何だこれ！)

屋敷に着き、部屋のベッドまで再びフリッツに抱えられて運び込まれたディルクだったが、医師を呼ぶという家の者の声を全て拒否し、部屋から追い出した。そして布団に包《くる》まり体を震わせた。

あの時、ミヒルに暴言を吐いた後。いや、その前のバルトルトたちに啖呵《たんか》を切った時から。ある感覚がディルクの体を支配していた。

誰もいなくなった部屋の、布団の中でそっとディルクは自分のズボンの中を覗く。

確認するまでもなく、そこは勃起《ぼっき》していた。

(何でこんな……っ！)

ディルクだってすでに上等部二年の健全な少年であるのだから、こうなったのは初めてではないし、自慰《じい》の経験もある。しかし人との会話の途中で急に勃起するなんて初めての事だ。

急に血液が下半身に集まり、全身が敏感になった。丸まって耐えていたが、正直馬車の振動もやばかったし、フリッツに触れられたのも危なかった。

今もずっと体全体にぞくぞくとした感覚が充満している。

（くそ！　くそ！　くそ！）

頭の中で悪態《あくたい》を吐《つ》きながらも、手が震え立つ箇所《かしょ》に伸びる。握った瞬間、下半身から強い快感が脳まで駆け上がる。

「はぁっ、はっ、あ、あ……っ！」

そこからは手を止める事が出来ず、力加減も何もあったものではない手つきで自身を扱《しご》き、すぐに先端から白い液体が飛び出た。

「はぁ、はぁ、な……なんでぇ……」

それでもずっと快感に耐えていたせいか、体に力が入らずにまだビクビクと震えて、自然と再び手が上下し始めた。誰もいない部屋で、布団に包まっているせいで真っ暗で暑くて、自分の荒い息づかいとにゅちにゅちという粘《ねば》り気《け》のある水音だけが響く。

「あっ、ぁ……あっ……」

結局その日、ディルクは続けて三回も抜いてぐったりと制服のまま眠った。

2

翌日目が覚めるとスッキリ爽《さわ》やか。な訳もなく、どん底の気分でディルクはベッドから起き上がった。朝から独特の匂いと湿り気《しめりけ》を帯びたシーツが気持ち悪い。制服のまま寝たのでしわになっていたが、替えの制服があるのでしわくちゃの元の制服はシーツに包んでおいた。こうしておけば学園に行っている間にメイドが洗っておくだろう。

(本当に昨日は何だったんだ……)

メイドが持ってきた温かいお湯で顔を洗い、磨《みが》かれた鏡に映る自分を見る。メイドのおかげで艶《つや》のある黒髪の下に、吹き出物のある丸い顔、脂肪に押し上げられた緑の目。ディルクはため息を吐いて目を逸《そ》らした。

昨日の謎の場所、人物、そして自分に起こった生理現象。

ミヒルやフリッツ、アルフォンスとの不愉快な記憶を塗りつぶすくらいの不可解な事ばかりだ。

(そもそもあの男?は本当に学園関係者なのか?　違うならば王族も通う学園への不法侵入者だから通報がいるのでは?)

しゃがれ声の白い人物は、フレイダッハと名乗り、魔法使いだと言っていた。

(魔法……)

魔法の存在はディルクも知っている。かつては凄腕《すごうで》の魔法使いがいて、色々な逸話《いつわ》が残っているが、今ではほぼお伽話《とぎばなし》的な扱いだ。

すでに魔法という技術はその仕組みのほとんどを解明され、エネルギー事業などにも利用され魔科学と呼ばれ人々の生活の役に立っている。

一部未解明の部分も古《いにしえ》の文献が残っているために、今も〝魔法使い〟という職種の者は存在する。主に占いや天候への祈祷《きとう》などをしているが、たまに眉唾物《まゆつばもの》の見世物をする者もいる。

あの時、男がディルクに触れ、ディルクは意識を失った。そして元いた場所とは違う場所で目覚めた。場所の移動は意識を失っているディルクを運べばいいだけだが、意識を失わせる行為には何かしらがあるはずだ。

（魔法使いを名乗る詐欺師《さぎし》である可能性もあるから、やっぱり通報した方がいいか）

そう考えながら、朝食を摂《と》りにダイニングへ行く。席は既に整えられており、広いダイニングの長い机に、いつもの様に一人分の朝食が準備された。無言で食べ進めていく途中で、ディルクのフォークが止まった。

「僕はベチェが嫌いだと何度言ったら分かるんだ。その頭は飾りか……っ!?」

ベチェとはディルクが大嫌いな野菜の名前で、こっそりオムレツの中に混ぜられていた。

ディルクが初等部入学前からいるシェフを睨みつけてそう言い放つと同時に、ドクリと血液が沸き上がる感触がした。

（何でまたこんな……!?）

体の中心に集まる熱に、混乱しながらも何か言い訳をしているシェフの言葉を遮《さえぎ》り席を立ってトイレに駆け込む。途中フリッツともすれ違って声を掛けられたが、すべて無視だ。

「う、うぅ……っなんでこんな……っ！」

　広い屋敷の広いトイレなので、外に声は聞こえない事は分かっているが、歯を食いしばって声が漏れない様にしながら何度も手を上下させる。自身から溢れた先走りの液が動きを助けて響かせる水音は防げなくて、涙が湧いてくる。

　結局、二十分ほどトイレに籠《こ》もっていたディルクを周囲は心配したが、ディルクは恥ずかしさから気を張って学園を休まず登校した。いつもいやいや従っているだろうフリッツがやけに様子を見てくるのが癇《かん》に障《さわ》った。

　学園に着いても、ディルクの気は休まらなかった。

　教室に入った途端に、あのミヒルの野郎が「昨日は大丈夫でしたか？」なんて馴《な》れ馴れし気に声を掛けてきたので「気安く話しかけるな」と言った途端に、またあの感覚が湧いて来てディルクはミヒルを押しのけトイレに走った。

　更に昼休み、アルフォンスに言われてミヒルを迎えに来ていたセルスと会って嫌味の応酬《おうしゅう》をした時にも同じ事が起こり、昼休み中トイレに籠もった。

　その後も何度か危ない場面がありながら、どうにか午後の授業を終え、いつあの発作が起こるか分からない恐怖からディルクは足早に迎えの馬車まで行こうとした。しかしよりにもよって、何度もトイレに走るディルクを見ていたミヒルが、心配気に話しかけてきた。

「ディルク様、やっぱり昨日から体調が良くないいんじゃないですか？　大丈夫ですか？」

昨日から何度も望まぬ自慰《じい》を強いられていたディルクは、純粋そうな顔をするミヒルを見て更に苛立《いらだ》ちを募《つの》らせた。

「うるさい、どけ」

本日何度も襲われた発作で疲弊《ひへい》したディルクは、もうミヒルの相手をする気力も無く押しのけて帰路《きろ》につこうとするが、面倒な事に足音が追ってくる。

(何なんだコイツは本当に……)

自分でもミヒルには冷たく当たっていると思うのに、ミヒルはいつまでもディルクに話しかけてくるのを止《や》めない。貧乏子爵の後妻《ごさい》の子の分際で、アルフォンス達に取り入っただけではなくディルクにまで取り入ろうとしているのか？　考えれば考えるほど、ムカムカしてくる。

「ミヒル、こんな所にいたのか」

ミヒルを無視して進んでいる内に、校舎から出られた様だ。さっさと馬車に向かおうとしていたら、ちょうど横の校舎から出てきたアルフォンスがミヒルに声を掛けてきた。いつもの様に、バルトルトとセルスも一緒だ。

「あ、アルフォンス様」

「ちょうど呼びに行こうと思っていたんだ。これから街の方に行くんだが、お前も行かないか？　帰りは寮まで送るから」

王立学園は国中の貴族の子が通っているので、家から通う事が困難な学生の為に寮が完備しである。ディルクの家の様にお金に余裕がある貴族は、王都内にも屋敷を持っていたり借りたりするので、基本的にはあまりお金に余裕がない地方の貴族向けで、ミヒルもそこの寮生だった。

「あ、えっと、今日はあの、ディルク様を……」

言われて、ようやくディルクの存在に気付いた様にチラリと視線が寄越された。冷たい目だ。

「ああ、いたのか、ディルク」

自分で言うのもなんだが、この体格が目に入らないなんてアルフォンスの目がおかしくなったとしか思えない。

(わざと無視してるのは分かってるけどさ)

いつもならアルフォンスのこういった態度に怒りと惨《みじ》めさが湧いてくるが、今日はそれどころではない。一刻も早く家に帰り、誰もいない部屋に籠もりたいディルクはアルフォンスから目を逸らして口を開いた。

「御機嫌《ごきげん》よう殿下。先ほどからそちらの方に付きまとわれて迷惑していたんです。引き取っていただけるのなら幸いです」

「…………だそうだ、ミヒル。ディルクのことは放っておけ」

「でも、ディルク様今日ずっと具合が悪そうで……」

昼休みに舌戦《ぜっせん》の途中で走り去ったディルクを思い出して、「そういえば」と昼休みに押しのけたセルスと、つられてバルトルトもディルクに視線を向ける。しかしアルフォンスは面倒そうに首を振る。

「放っておけ。昔からそうやって何でも大げさに言って、人の気を引こうとするんだ。相手をするだけ無駄だ、行こうミヒル」

「で、でも……」

戸惑うミヒルは、それでも尚ディルクを心配して手を伸ばしかけ、その手をディルクは叩《はた》き落した。

「ちょっと殿下に気に入られたからと言って、殿下に対して対等な口をきくな。僕にもだ。これだから田舎育ちの学の無い奴は！　後妻の子だからとろくな教育がされていないんじゃないのか……ッ！」

次の瞬間、ディルクの体を〝例の感覚〟が駆け抜けるのを歯を食いしばって耐える。

「そこまでだ、ディルク」

す、とアルフォンスの腕が庇う様にミヒルの前に出された。そしてバルトルトとセルスも、そのアルフォンスを守る様にディルクとの間に入る。

「ミヒルに気安く接する様に言っているのは私だ。文句があるなら私に言え」

アルフォンスが冷たくディルクを見据《みす》える。同じ色。ディルクと同じ、翡翠色《ひすいいろ》の瞳だ。

「では申し上げますけれど、殿下は何をもってその様な身分の者を重用《ちょうよう》なさるのですか。自分の身の程も分からぬ田舎者ですよ」

騎士団長の息子で剣の腕は随一《ずいいち》のバルトルトや、頭脳明晰《めいせき》なセルスなら分かるし、身分も相応だが、ミヒルはその可愛らしい顔以外取り柄があるとは思えない。快感に耐えながら負けじと言い返すが、アルフォンスはディルクに対して更に冷たい目になっただけだった。

「その様に他者《たしゃ》を口汚く罵る事の方が、品も学も無いと思うがな……それに」

アルフォンスは小さく息を吸った。幼い頃、ディルクによく笑いかけていた顔を歪《ゆが》め、口を開く。

「後妻の子でろくな教育をされていないのは、お前も同じだろう?」

「っ!!」

心臓が、ぎゅ、と摑まれた様な感触にディルクが息を飲んだ。

そこが限界だった。

「⁉　ディルク様!」

足に力が入らなくなりうずくまるディルクに、ミヒルが慌てるがその腕をアルフォンスに摑まれ止められた間に、馬車置き場の方からフリッツが走ってきた。

「失礼します。ここは私が……ディルク様、起きられますか?」

昨日と同じく体を丸める様にして震えるディルクに、フリッツが問いかけるが、首を振る。

昨日と同じくそっと抱き上げられ、馬車に運ばれた。

その様子を、ミヒルは心配そうに、アルフォンスは無言で見送った。

「ディルク様？　返事が出来ますか？　どこが痛むんですか？」

馬車が帰路を急ぐ中何度も訊ねられるが、ディルクはそれどころではない。馬車の中という狭い密室で、フリッツがいる中で果てる訳にはいかないから必死で耐えている。

「い……いいから、だまれ、うるさい……ッ⁉」

フリッツに構うなと言ったら更なる快感が背筋を走った。これはもう、喋《しゃべ》る事自体がまずいのではとディルクは呼吸だけに集中する事にした。返事をしなくなったディルクに、フリッツは声を掛ける事を諦めた様子だった。本当にディルクの事がどうでもいいのだろうが、この諦めの良さは今のディルクにはありがたかった。

屋敷に着き、再びフリッツに抱えあげられて触れた所から電流が流れるような刺激が起こる。もういっそ舌を噛んでしまいたかったが、現状そうすると多分下半身は勃起《ぼっき》したままなので、恥でしかないとディルクは耐えた。

「昨日も今朝も、どう考えてもどこか悪いです。医師を呼びますから……」

部屋のベッドに下ろされ、ゆるゆると布団に包まっているとそう言われるので、必死で首を振る。

「い……らない……。寝ていれば、なおるから……っ」

もうシーツに足が触れる感触すら辛《つら》い。早くフリッツを追い出して解放されたいのに、なかなか出て行かなくて苛立つ。

「顔も赤いし、息も荒い。尋常《じんじょう》じゃないですよ」

いつもいつも、忠誠心など欠片《かけら》も無いけど仕事だからという思いが透けて見える態度のくせに、どうしてこういう時だけ、と布団の中で、内股《うちもも》を擦《こす》り合わせているのがバレないかヒヤヒヤする。

（いいから早く出て行けよ!!）

もう体の中心部が発射したくて、ズキズキと痛みすら感じる様になってきた。なのでディルクは油断していた。自分に精いっぱいで、フリッツの動向を見ていなかった。

「熱があるかだけでも、見せてください」

そう言って、勢いよく布団を剝《は》ぎ取られて額《ひたい》がフリッツの大きな手で覆われた。

「あ……っ、あっ、あっ……!!」

瞬間、額から人肌の熱がぞわぞわと体中を撫でられたかの様に走った結果、ディルクは射精していた。

「え……？」

「あ……は……あぁ……」

全身をビクビクと震わせるディルクと、じんわりと濡れる股と、独特の匂いに、誤魔化《ごまか》すべ無く、フリッツは目を点にしていて、ディルクは絶望と解放のため息と共に放心するしか出来なかった。

3

そのまま消えてしまえればどんなに良かっただろうか。フリッツからの視線を感じながら、ディルクは遠い目で思った。

体はまだ熱っぽかったが、一度吐き出した事で頭の中がクリアになった。俗に言う、賢者《けんじゃ》タイムと言うやつだ。冷静になった事で、より一層《いっそう》の羞恥《しゅうち》がディルクを襲ったが、ここで暴れてフリッツを追い出したところで、何も解決しない事も分かってしまった。

先に口を開いたのは、年長者であるフリッツだった。

「え～……ディルク様、今は体の調子は大丈夫ですか？」

「…………少しだるいけど、大丈夫」

素直に答えたディルクに、フリッツが手を差し出してきたので、先ほどの事もあり思わず後ずさると止まった。

「すみません、汗が……。あと熱を測《はか》りたかったのですが……とりあえず、着替えと布を……水分も取った方がよさそうですね」

まるで普通の病人を相手にする様に言って部屋を出たフリッツに、一瞬呆然としたが、猶予《ゆうよ》が貰えたのだとディルクは急いで服を着替え、じっとりとした下穿《したば》きを洗面の水で濡らしてから洗濯用の籠《かご》に投げ込んだ。こうしておけば、メイドもただ濡れただけと思うだろう。

ようやく一息ついた所で、計った様なタイミングでドアがノックされ、飛び上がるかと思った。ドアを開けるとフリッツが一人で体を拭《ふ》く用の布と水を持って来ていた。メイドではなくフリッツが来た事に、気を遣われているのだと悟《さと》って素直に部屋に入れた。

フリッツが持ってきた布で汗ばんだ顔と体を拭《ぬぐ》い、椅子に座って水を飲んだら、やっと一息吐《つ》けた気がした。

「ディルク様、この症状はいつからです？」

思わず「お前に関係ないだろ！」と言いそうになったが、フリッツが予想外に真剣な目をしていたので、ディルクは黙った。いつだってディルクを見ながらも何も見ていない様だったフリッツが、真《ま》っ直《す》ぐと見てくる。

「昨日の症状も、同じと考えて良いですか？」

次の問いに頷くと、フリッツはしばし考え込む。

もしかしてフリッツに思い当たる節《ふし》があるのかと思ったが、どうも違う。

「となると、薬を盛られたのは昨日の昼だと考えた方が良さそうですね」

「は!?　薬!?」

驚いてグラスを落としかけると、フリッツの手がそつなく受け止めてくれた。

「はい。ディルク様はご存じないかもしれませんが、こういった強制的に興奮させる薬があるんです」

そう言えばこの男は、カウペルス家に来る前には騎士団にいて戦場にも出ていたと聞いた事がある。おそらくだが、ディルクが知らないもっと大人のアレコレや汚い事も知っているのだろう。しかし、さすがにこれは否定しておかねば。

「いや、薬は盛られていない」

しかしフリッツも引き下がらなかった。

「ディルク様、こういった薬というのは相手に悟られない様に盛られる最たるものなんです。まぁディルク様の場合は、襲われたり既成事実をというよりは、恥をかかすための可能性が高そうですが」

(今この男はとんでもなく失礼な事を言わなかったか?)

顔を顰《しか》めながらフリッツを睨むと、おっとと言わんばかりにフリッツは口を閉じて視線を逸《そ》らした。それが今までに見たことが無い態度で、妙に様になっていて、この男の本性はこちらなのではないかと感じた。

「失礼しました。いや護衛対象に薬を盛られるという失態の後ですから私の方もどうやら動揺しているようです」

取って付けた様な物言いに思わずジト目になるが、そうしていても話は進まないので言及はしなかった。

「とにかく、薬の効果が薄まるまでしばらくお休みした方が良いと思います。出来れば医師に確認をしてもらった方が早く抜けるのですが……」

「いや、違う。薬じゃない、と思う」

フリッツの言葉を遮って言い切ると、そのハッキリした物言いにフリッツも何かを感じたのか止まった。

「何か、心当たりがあるのですか？」

黄と緑が混じったヘーゼル目が、ディルクを捉《とら》える。それに静かに頷き、ディルクは昨日あった事をフリッツに話した。

「――――にわかには信じられませんね」

フリッツの言い分ももっともだが、あの時突然現れた白い人。触れられ意識を失ったディルク。そして目が覚めて別の場所だった事と、不可思議《ふかしぎ》な現象が多すぎる。

「フレイダッハ……愛の女神ねぇ」

「その名前は僕もどうかと思うけど」

実際見ても、愛と美の女神なんて容姿ではなかったが、問題はそこではない。

「この変な症状が出始めたのはあの後からだし、そもそもあの場所でなく僕が中庭で倒れていた説明も出来ない。魔法……というのが虚言《きょげん》だとしても、何かしらされたのはアイツにだと思う」

それに……とディルクは続ける。

「その……症状が出るのがまちまちで、薬だとしたらおかしくないか？」

「確かに。それはそうですね」

実際に興奮剤だとしたら、発症するのは時間差があるにしても、こうも飛び飛びで症状が表れるのはおかしい。フリッツも頷いた。

「症状が表れたのは、どういった時なんですか？」

何かが引き金になっている事を示唆《しさ》され、思い出したくもないが我慢して記憶を辿《たど》る。

最初は意識を取り戻して、アルフォンス達が来て、セルスと売り言葉に買い言葉となった時だ。その次、ミヒルにお礼を言えと言われて拒否した時。次の日、シェフに悪態《あくたい》を吐《つ》いた時も。それから学園に行って、ミヒルに話しかけられて拒否した時。昼休みにセルスとまた口喧嘩をした時もだ。それから、それから……放課後、ミヒルに付きまとわれてまた悪態を吐いた時。

「常に誰かに悪態を吐いているみたいですね」

素直に答えたのに、呆れた様にそう言われてディルクの口が文句を言おうと開いて……閉じた。フリッツも同じ考えだった様で、口をつぐむディルクを見下ろした。

「それ、なんじゃないですか？」

望まぬ勃起《ぼっき》をした時、それは全て誰かに何かを言った後だった。

何か、というのが全部『悪態』と呼ばれて仕方ない物言いだった訳で……。

「試しに、何か私に言ってみてください」

「はぁ!? 嫌に決まってるだろう!」

それで勃起したらどうする! と目を剝《む》く。

「本当にそうなら、そう言った事を言わなければいい話だろう?」

「それはまぁそうですが……出来るんですか?」

ディルクと言えば、息をする様に悪態を吐く事に定評がある。それをフリッツも懸念《けねん》しているのだろう。

「ぐっ、出来る! やってみせる!」

豪語するディルクに、まぁそれはそれで余計な諍《いさか》いを起こさなくなって良いかとフリッツも楽観していた。

しかし、事はそう簡単にはいかなかった。


一応薬を盛られていないかの簡単な検査だけをして、陰性だったので翌日はいつも通りに起きた。ディルクは態度は悪いが、勉学には真面目で、学園も基本休まずに通っていた。なのでよっぽどの病気や怪我でないかぎり休むつもりは無い。

それに学園は前期と後期に分かれており、あと数日で前期が終わる。そうすると二ヵ月の長い休みとなる。日常生活内でも嫌だが、学園内で〝あの症状〟を誰かに見られる危険性はあと数日だと思えばどうにかなると前向きに考える事にした。

その間に、あのフレイダッハとかいうインチキ魔法使いの魔法……いや、呪《のろ》いだ。呪いを解くのだとディルクはむしろ前向きになっていた。フリッツに暴発を見られた事で、若干《じゃっかん》開き直っていたのかもしれない。

いつも通り身支度を済ませ、一人の朝食の席に着く。いつもは登校前になって合流するフリッツが見えて、ちょっと嫌な気分になったが無視した。

「ディルク様、おはようございます。お加減はいかがですか？」

昨日のシェフが気遣わし気《げ》に声を掛けてきたが、「別に」とそっけなく答える。悪態さえ吐かなければ良いのなら、なるべく喋《しゃべ》らなければ良い。

シェフが困った顔をしながらも朝食のメイン料理を出してきたのを無言で食べ、手が止まる。あれだけ言ったのに、スープの中に潜《ひそ》んでいた大嫌いな緑のそれに眦《まなじり》が上がる。シェフは慌てながらも弁解をしてくる。

「あの、ベチェはディルク様には必要な食材なのです。どうしてそんなに嫌われるんですか？」

「嫌いなもんは嫌いなんだよ！　理由なんか無……い……」

「！」

ガタッと音がしたと思ったら、フリッツが素早く駆け寄って来ていてディルクの体を担《かつ》いで走った。行き先は言わずもがな、トイレである。

（何で何で何で⁉）

あれも悪態だと言われるなら、ディルクが吐き出す言葉は全部悪態ではないか。涙目で自身を擦《こす》りながら、ディルクは口に出さずに心の中でだけ罵詈雑言《ばりぞうごん》を並べたてた。口に出さなければセーフらしい。

「あれでも駄目なんて、あのクソ魔法使いめ……次に会ったらただじゃおかないぞ……」

ようやく熱が収まり、トイレから這い出てきたディルクに、フリッツは確認する様にしゃがみ込んで顔を覗き込んできた。

「それは有りなんですよね。ディルク様、例の魔法使いは『素直になれる魔法』と言ったんですよね？」

「それが何…………」

聞き返す途中で、ディルクも思い至った。至ってしまった。

「まさか……」

そんな訳ない。

そんな事出来る訳が無い。

（そんなもの、本当に呪いじゃないか……！）

フリッツが神妙に頷き、ディルクが聞きたくない推察を口にした。

「嘘を吐くと、勃起する魔法なんじゃ」

「ふざけるなあああぁぁぁぁ!!」

ディルクの心の底からの悪態は、そのまま屋敷中に響いても体に支障をきたす事は無かった。

つまりは、そういう事だった。


とりあえず今日は精神的疲労が大きすぎるので、学園は休むべきだと言われ、ディルクも素直に従った。自分に起きている現象が大きすぎて、その対策を練らなければいけないと思ったからだ。

幸いにも、信用も信頼もしていないが、フリッツという金で結ばれた事情を知る者がいる。ディルクの変化に目ざとい事や体を担いで運べる事、それから意外と物知りそうな事が分かったので、少しは頼りにしてやってもいい。そんな事を思いながらも、屋敷内にある本で〝魔法〟についての記述を探していたディルクは、腹の音で朝食をほとんど食べていなかった事を思い出した。

今朝の事が気まずいながらも、ここは自分の家なのだと思い直し、ダイニングに向かう途中でフリッツに会った。会ったと言うか、フリッツはディルクの動向を監視していた様で書斎から出るとすかさずやって来た。

別に付いてこなくていいと言ったが、また魔法の効果が出たらと言われれば、何も言えなくなる。

連れだって行ったダイニングでは朝食の残骸《ざんがい》は綺麗に片付けられていたので、メイドを呼んで何か食べる物をと申しつける。すると作り直された食事と共に、シェフが現れて気まずさに視線を逸《そ》らすが謝罪されてしまった。

「今朝は失礼いたしました。体調の方はもうよろしいのですか？」

「あ～……もう大丈夫だ」

後ろからフリッツがディルクにだけ聞こえる音量で「素直に、素直に」と言ってくるのがうっとうしい。

「け、今朝は、その、怒鳴って悪かった……」

「え」

シェフとメイドが目を丸くしているのが見えて、恥ずかしさに俯《うつむ》きながらも続ける。

「しょ、食事も……残して、悪かった……」

少しの沈黙の後、シェフがひっくり返った声で「い、いいえ！」と叫んだので、ディルクの肩がビクリとなった。

「私も何度もベチェを出して申し訳ございません！　ですがベチェはディルク様にどうしても食べていただきたくて……嫌いな理由が分かれば召し上がっていただける様に出来ると思って

差し出がましい真似をしました」

（そう言えば、今朝も言っていたな）

このシェフは、ディルクが食べたい物を言うと基本的には何でも用意をしてくれた。結果、この体型を維持《いじ》し続けているのだが。

（何で……）

「何でそんなにベチェを食べさせたいんですか？」

ディルクが疑問に思ったと同時に声が聞こえて、口から出ていたかと思ったが、声は後ろのフリッツからだった。フリッツに問われ、シェフはちょっと言いにくそうに視線をさまよわせたが、ディルクと目が合って覚悟を決めた様に口を開いた。

「ベチェは南部では〝食べる美容液〟と言われておりまして……その、ディルク様は最近お肌が荒れがちなのを気にしておいでだったので……」

「！」

ディルクの肌荒れは、荒れやすい体質にくわえ、糖質と脂肪分の高い食品を多く食べる上に運動をしないせいだ。かと言って、それを減らせばディルクが文句を言うので、せめて中和《ちゅうわ》出来ないかと色々探した結果見つけた食材らしい。しかしディルクがそれをピンポイントで嫌いだという事態に陥《おちい》り、どうにか工夫をしていたとの事だ。

肌荒れの事を指摘され、怒り狂うと思われたディルクだったが、しばらくの沈黙の後、小さく口を開いた。

「ベチェは……昔、そのまま食べて吐いた事がある……。緑なのと、つぶつぶした食感が……

その時を思い出して嫌だ……」

ベチェは外殻《がいかく》につぶつぶがあるのが特徴の緑の野菜だ。

「！　さようでございますか！　それなら次回からそこを工夫いたします！」

顔を輝かせたシェフから目を逸らすと、少しにやついたフリッツの顔が視界に入ったので、
睨んでおいた。

それからご機嫌のシェフによる朝兼昼食が二人分並べられていく。

「ん？　二人分？」

首を傾《かし》げていると、向かいにフリッツが座った。

「お前、護衛なのに……」

「まぁまぁ。今はディルク様の様子を見るのが最優先事項です。それに、せっかく食べるんだ
から一人より二人が良いでしょう？」

言われてプイっと横を向いて、「そんなこと無い」と言った途端に、〝例の感覚〟が体を駆け
抜け、フリッツが座ったばかりの席を立ちディルクを担いで走った。

「何で懲《こ》りないんですか」

「うるさいうるさいうるさい‼」

4

トイレで処理をして、どうにか昼食を食べた後ディルクは再び書斎に籠もった。今度はフリッツも一緒だ。

「魔法に関する文献は多いですけど、全部を読んでいくんですか？」

「当たり前だ」

そう言って黙々と本を読み進めるディルクを見ながら、フリッツは内心感心していた。

わがままで感情的な子供だという印象が強いが、そう言えばよく勉強している姿を見る。根が真面目なのだろうか。

（と言うか、例の症状が出るのが『嘘を吐《つ》いた時』という事は……）

中庭で発見されてから症状が出た時の状況を思い出すと
（悪態《あくたい》は全部嘘……思ってもない事、て事か？）

まさかそんな、と思うが既に何度も立証《りっしょう》されている。

ディルクの家庭環境に関しては、この職に就《つ》くにあたり……いや、それよりも前から多少は知っている。例のシェフもそれを知っているから、ああやってディルクに何とか尽くそうとしてくれているのだろう。

しかし周囲を口汚く罵《ののし》り傲慢《ごうまん》に振舞うディルクもこの二年間見てきているから、フリッツとしてはどうにも納得しかねる。思考にふけっていると、ディルクが不機嫌な声で呼びかけてきたので意識を戻す。

「突っ立ってるだけなら調べるのを手伝えよ」

「いえ、私は護衛なので周囲を警戒しているんですよ」

「食事の時は一緒に食べていただろう」

「食べながらも周囲を警戒しておりました」

「じゃあ調べながら警戒しろ」

そこまで言われては仕方ない。フリッツとしても、ディルクの魔法が解けなければ余計な仕事が増えるのは確かだ。

「はいはい。そういう人使いが荒い所もマルセルとよく似ていますね」

「え？」

ディルクが息を飲んだのが分かった。

「？　どうしました？」

そんなに驚く事を言っただろうかと聞くフリッツに、ディルクは落ち着きのない様子で聞いてきた。

「お前……マルセル兄様を知っているのか……？」

今さら何だろう、とフリッツは思った。

「何言ってるんですか。俺が誰のコネでディルク様の護衛に就いたと思っているんですか？　マルセルですよ」

「マルセル兄様の⁉」

フリッツがカウペルス家の誰かの縁故である事は知っていたが、それが誰かまでは知らなかった様だ。ひどく驚いている様子に、こっちが驚く。

「お前は……マルセル兄様の……？」

「同級生です」

ディルクには二人兄がいる。マルセルというのは二番目の兄だ。

年は九つ離れており、今は歴史学者として世界を飛び回っていてここ数年はほとんど王都に戻っていない。上の兄、カレルにいたっては十三歳差で既に結婚もしており、王都内に自分の屋敷を持っていてそこで妻と暮らしている。

「学園卒業後に騎士団に入っていたんですがね、ちょっと色々あって辞めようと思ってたところにちょうど再会しまして。それなら弟の護衛にならないかって誘われました」

「兄様が、僕の事を……」

「ディルク様が何人も護衛を辞めさせていて、なり手がもういないんだって言われて。破格の報酬に目がくらみ引き受けました」

「…………そう」

散々《さんざん》な言い様だったが、現に護衛は何人も辞めさせられていたせいかディルクは言い返しては来なかった。

「まあ学生時代からディルク様の事は、マルセルからよく聞いていましたからね。その辺で親近感もあったんですけど」

「え？」

「実際会ってみると、聞いていた話と全然違って騙《だま》されたと思いましたけど……と？」

目を見開いてこちらを見上げるディルクにフリッツの言葉が不自然に止まる。余計な事まで言った事に気が付き、フリッツが弁解しようとするよりも早く、ディルクが口を開いた。

「兄様が……僕の事を、話してたのか……？」

呆然と呟くディルクに、フリッツも驚く。

「よく話してましたよ。年が離れた弟がいるって」

フリッツがそう答えると、ディルクは呆然としたまま、持っていた本を置いた。フリッツは首を傾《かし》げながら自身も本を手に取った。

結局、その日は日が落ちるまで調べても目ぼしい情報は見つからなかった。

「明日はどうしますか？」

「明日は……授業に出る」

「大丈夫ですか？　長期休みまであと二日ほどなんですから、そのまま休んじゃえばよくないです？」

「だから出るんだ。課題の事も聞かないといけないだろう。それでやっぱりあの場所を調べるのが一番良いと思う」

あの場所とは、ディルクがフレイダッハに会ったとされる場所。あの場所に行かない限り、呪《のろ》いを解く事は出来ないだろう。

しかし本来学生以外は学園内に入れないので、ディルクが一人で行く事になる。フリッツは嘆息《たんそく》しながら言った。

「仕方ありませんね。放課後付き合いますよ」

「は？　お前は基本校内に入れないだろう」

「フ、一部の生徒しか知らない秘密の抜け道があるんですよ。放課後、ディルク様が倒れていた場所で待ち合わせしましょう」

フリッツの言葉にバッと顔を上げ嬉しそうにした後に唇を尖らせ、何か言おうと開かれたディルクの口を慌てて塞《ふさ》ぐ。

「今また余計な事を言おうとしたでしょう？」

「ぐ……何でもかんでも思った事を言えというのは、難易度が高すぎる……！」

ぎりりと歯を食いしばりながら愚痴《ぐち》るディルクに、その性格なら余計難儀《なんぎ》だろうとフリッツも思った。

「そうだ、お前も同じ様にしろ！　それなら僕だけ苦しんでいると思わなくて済む！」

名案だと言わんばかりに顔を輝かせてこちらを見るディルクに、フリッツは思わず仕事用の顔を忘れてげんなりとした。

「何ですかその理屈。俺とディルク様じゃ立場も違いすぎるし、無理です。俺に無職になれと言っているんですか」

確かに、護衛騎士の身で何でもかんでも思ったことを口にしていれば職を失いかねない。

「む～、そうか……。じゃあ、僕が「思ったことを言え」と言った時だけでいい。それなら仕事に支障は無いだろう？」

ディルクだって一応公式の場では弁《わきま》えるし、礼儀作法は身に付けている。今まであまり発揮されていなかったけれど。

「え～……」

無茶な命令をしてくる暴君が、目だけは不安そうにこちらを見上げてくるのに気付いて、フリッツは降参した。ディルクが辛い目に遭《あ》っているのは確かで、同じ境遇の人間がいると思う事で心の平穏を保てるのなら仕方ない。だが一応、言質《げんち》だけは取っておかなければならない。

「何答えても、それで怒らないでくださいよ」

「分かった！」

パァッと顔を輝かせる暴君が、約束を忘れてクビにしてこない事だけをフリッツは願った。

翌日、夜遅くまで書斎に籠もっていたせいで少し寝不足ながら、身支度をして部屋から出てきたディルクを、フリッツが待っていた。

「ディルク様、何か良い匂いしません?」

不思議そうに聞かれたが、それには答えずプイと横を向いた。朝からディルクが肌荒れを気にしている事を聞いたメイド達に洗顔指導とマッサージを受けて、スキンケアをしたなんて言えやしない。花の香油《こうゆ》で乙女の様な匂いをさせているのも恥ずかしかった。

朝食のテーブルには、フリッツがまた目の前の席に座る。もう何も言うまい。

シェフが緊張した顔で料理を並べたので、どれかにベチェが使われているのだろう。味でも色でも分からず食べられた。空《から》になった皿を見て、シェフがニコニコしていたのを尻目に家を出る。

学園に着き、馬車を降りる。フリッツも降りてディルクを見送りながら言った。

「じゃあ放課後、あの場所で」

「分かった。遅れるなよ」

約束を確認して、教室に向かおうとすると、後ろから自分の名前を呼ぶ声が聞こえる。振り返らなくても、何度も聞いた声で分かる。ミヒルだ。

「ディルク様！　昨日は休んでいたから心配したんですよ。お体は大丈夫ですか？」

無視したかったが、駆け寄って来て前まで回り込まれては無理だった。その顔は本当に心配気《げ》で、毎度毎度冷たく接しているはずなのに、どうして自分の心配などしているのだろうと本当に不思議に思う。

「ミヒル、どうせずる休みだ。構わなくていい」

同じく後ろから聞き覚えのある声が聞こえ、ディルクは嘆息した。ミヒルが住む寮は校舎からすぐ近くなのに、そんなところまで迎えに行っているらしい。

「ディルク様は今まで授業を休んだりした事は……」

「大丈夫」

ミヒルの言葉に被《かぶ》せる様に、ディルクは答えた。会話を長引かせたくないので、言う事だけを手短に言わなくては。

（素直に……素直に……。思ってる事を、言う！）

「大丈夫だから、構わなくていい。……心配してくれてありがとう」

最後は声が小さくなって聞こえたか分からないが、ディルクは赤くなる顔を見られない様に足早にその場を去った。後ろにいた王族には、気付かなかった事にした。

（最後のは余計だったかもしれない……！）

思ったことを素直に言わなくてはいけないにしても、全部は言わなくて良かったと後悔した。

ミヒルも目を丸くしていた。やっぱり余計な事を言った。

（これからは口数を少なくしよう）

決意を新たに、そのまま教師の元に話をしに行き、課題の為に長期休みにも学内に入りたい旨《むね》を話し許可を貰《もら》った。学園内のあの謎の場所を調べるのは本当なので、あの症状は出なかった。

「ディルクくん」

昼休み、話しかけてきたのはディルクとチームを組んでいたクラスメイトだった。

「あの、先生からディルクくんが長期休み中も課題をしに学園に来るって聞いたんだけど……」

それで自分たちも一緒に行かなくてはいけないのかと聞きに来たのだろう。好きで組んだチームではないが、ディルクを爪《つま》はじきにした結果、ディルクが怪我をして失神して発見された事は気にしているのかもしれない。しかしディルクの方も事情があるので、付いてこられても困る。

「僕は帰省もしないから、時間はあるんだ。君の領地は遠いだろう？　気にしないで帰省しなよ」

「え？　いや、でも……」

カウペルス家の本宅がある領地もそれなりに遠方だが、どうせ帰った所で何も無いし、誰も待ってもいない。使用人の面々が変わるだけだ。それよりもディルクにとっては、呪いを解く事が最重要事項で、それには彼らはいない方がいい。

「どうせ課題テーマも知らないし」

「う！」

言って、顔を顰《しか》めたクラスメイトに気付いた。ディルクをのけ者にしていた事を指摘されたと思ったのだろう。

「あ、違う。そういう意味じゃなくて……僕も僕なりに探してみるから、休み明けに持ち寄って、使える様なら使ってくれたら、その、嬉しい」

「え！」

ディルクの目的はこの呪いを解く事だから、一応学園内で見つけた物とは言え学園の歴史を探るという課題には役に立たないかもしれない。その時用に他の研究テーマも探すつもりではあるが、結局はチームでの提出、各自持ち寄った情報を擦《す》り合わせてレポート作成となるだろう。レポート提出はまだまだ先なのでその時間はあると思う。

「じゃ、じゃあ、そういう事だから……」

これ以上話していて余計な事を言わない様にと、そそくさとその場を後にしたディルクは、残ったクラスメイト達が「ディルクくんって、うちの領地の場所知ってるんだ……」とざわついていたのには気付かなかった。

放課後になるや否《いな》や、ディルクはフリッツとの約束の場所に急いだ。フリッツは遅れずに来ており、ディルクを見て気軽そうに手を振った。

「！」

その姿に、ディルクの胸が高鳴る。誰かと待ち合わせをしたり、親し気に手を振られるのなんて久しぶりだった。

「発作は出ませんでした？」

「出てない！　こんなの、余裕だ！」

思わずそう返して、下半身に快感が走ってしゃがみ込む。

「え、何でそこで言っちゃうんですか」

「う、うるさい！　このくらいならちょっと待てば治まる！」

実際軽口だったせいか、少し待てば治まりそうだった。嘘のつき具合にもよるのかもしれない。

（うう……気を抜いてしまっていた……）

そこでハッとする。

（い、いや、別にフリッツに会えたから気を抜いた訳じゃないし！　授業が終わって、周囲に人が減ったから！　そう、フリッツ相手だと気を遣う必要が無いから！）

口に出したら確実に呪いが発動する事を脳内で叫びながら、熱が過ぎ去るのを待った。

数分後、どうにかこうにか落ち着いたディルクはノロノロと立ち上がり、捜索に出発した。

一応ディルクがあの日通った道を辿《たど》る事にして進む。

「特別棟を背にしてこっち……ああ、この像は見覚えがある。ここを右で……」

「人気《ひとけ》が無い場所無い場所に向かってますね」

「そっちの方が、貴重な発見があると思うだろう！」

実際あってこんな目に遭っている訳だが、ディルクは意気揚々《ようよう》と進んでいく。

「そういう所もやっぱりマルセルと似てますね」

「え」

フリッツが何気なく零《こぼ》した言葉に、ディルクは驚いて立ち止まる。

「学生時代もそうやって訳の分からない場所に、ご機嫌で突き進んでいってましたよ。例の抜け道もマルセルが見つけて教えてくれたんですよ」

マルセルは学園を卒業後、歴史学者となり今は世界中を飛び回っている。ディルクは何を専門にしているかまでは知らないが、研究対象に関わる物や場所を直接調査に行くスタイルで、本人もかなり鍛《きた》えていて一見《いっけん》学者には見えないだろう。

「マルセル兄様とは、仲が良かったのか？」

再び歩きだしながら問うと、フリッツは「う～ん」と首を傾げた。

「良かった……方じゃないですかね？　あいつは誰とでも分け隔《へだ》てなく話す奴ですし、かと思えば一人でどこかに行ってしまったりもするから、いつもつるんでいるかと言われるとそうじゃないですけど。行事ごとでは一緒の事は多かったですよ」

言われてみれば、それなりに信用のおける相手じゃないと就職の斡旋《あっせん》などしないだろう。

「フリッツは、マルセル兄様に信用されているんだな」

自分にはそんな相手はいないので、思わず羨《うらや》まし気な声が出てしまって口をつぐむ。しかし、それに対してフリッツがとんでもない事を言った。

「そうですかね。ディルク様だって、マルセルに可愛がられているじゃないですか」

「は？」

繰り返すが、ディルクとマルセルは年が離れていて、育った場所も別なので数えるほどしか会ったことが無いし、今どこで何をしているのかもよく知らない。

「何言って……」

「学生時代よく聞かされましたよ、『年が離れたかわいい弟』の話」

そんな訳がない。

長期休みで本宅に帰ってきていた時だって、マルセルはディルクとほぼ話した事は無い。何なら近寄っても来なかった。

「嘘を吐くな。そうやって僕の機嫌を取ろうったってそうはいかないぞ」

ハッと笑ってやるも、フリッツは怪訝《けげん》な顔をして続ける。

「いや、そんな嘘を吐いてどうするんですか。本当にうるさかったんですって、弟話」

「まだ言うか！　僕はそういうご機嫌取りの嘘が大嫌いなんだよ！　次言ったら……」

勢いよく、体ごと振り返りながら怒鳴る途中で言葉が止まった。踏みしめるはずの土が無く、体が浮く感覚がしたからだ。

（あ、ここ……）

そうだ、あの時も同じ様にこうやって草に隠れた崖《がけ》に足を滑らせて落ちたのだ。

再び転がり落ちるだろう衝撃に、目をぎゅっと瞑《つむ》り備えたが、そうはならなかった。

「あぶな……。ここ地面が抉《えぐ》れているじゃないですか」

フリッツがディルクの体を抱えて引き戻してくれていた。

「大丈夫ですか？　ディルク様？」

「～～～大丈夫だ！」

顔を覗き込まれ、慌てて答えて飛びのいた。ドッドッと大きい心臓の音が喉《のど》まで震わせる。

「それよりも、多分この下だ！　僕が落ちたのも！」

赤くなった顔に気付かれない様に指差すと、フリッツが指の先に視線を向けた。

「ちょっと見てきます。ディルク様は動かないでください」

そう言うや否や、身軽に滑り降りて行った。さすが騎士……と言うか長身ながらに均整の取れた肉体だからこそ出来るのだろう。改めて自分の体を見下ろし、ディルクはため息を吐いた。

この体ではフリッツに付いて行く事は出来ない。

自《みず》らのぽっこりお腹を眺めていると、下からフリッツが呼ぶ声が聞こえてきた。

「そのままちょっと進んだ先の、赤い葉のある低木まで行って下さい。そこからが一番緩《ゆる》やかなんで」

言われた通り、赤い葉の木の向こうを覗き込むと、緩やかな坂の下からフリッツが手を振っているのが見えた。フリッツ補助の下《もと》、おっかなびっくりでどうにか降りる事に成功した。

降りた先は、ぽっかりと切りそろえられた草の場所。それからその中心に鎮座《ちんざ》する石。

「ここだ……」

「はー、実際見るまで半信半疑でしたけど、本当にあったんですね」

「お前、僕を疑ってたのか⁉」

「嘘を吐いてるとかじゃなくて、記憶があいまいになってると思っていました」

文句を言いたかったが、ディルク自身も夢だったのかという思いが少なからずあったから、舌打ちだけで終わらせた。それよりも呪いを解く方法だ。

「この石が、ディルク様が蹴《け》って呪われたやつです？」

「嫌な言い方をするな」

その通りなのだが、客観的に言われると腹が立つ。

フリッツがその石を持ち上げようとしたが動かなかったので、ディルクの筋力の問題ではない事が立証された。しかしそんな何も無い石をどう調べようか。すると、フリッツが何かに気付いた。

「ん？　この石、何か書いていますよ」

「僕が見た時は何も書いてなかったぞ」

「いえ、正確には薄く彫《ほ》ってあります」

言われてディルクもしゃがみ込んで石を指先で撫でると、確かに複数の凹凸《おうとつ》があり、文字の様になっている。

「この国の文字ではありませんね……何やってるんです？」

「うるさい！　ほっとけ！」

太っているとしゃがむという行為がしんどいのだが、この騎士には分からないだろう。仕方なくディルクはゴロンと草むらにうつ伏せになった。カバンから紙とペンを取り出す。

「なるほど、紙に書き写すんですか。で、何で寝転がったんです？　制服が汚れますよ」

「うるさい！　……ん？」

生まれてこの方太ったことが無いだろうフリッツに重ねて聞かれるのに怒鳴った所で、手をついた場所にも違和感を感じて草を分けてみる。

「何か書いてある」

「え」

短く刈り揃えられている草に隠れて気付かなかったが、地面に何か書かれている。その線を草を分けながら辿っていくと、この場所全体に円状に描いてある。

「陣《じん》……？」

「古語を使って陣を描くって、〝古代魔法〟ってことです？」

歴史の本で見た事のある古語を使った陣となると、古《いにしえ》に存在したとされる〝古代魔法〟だ。

陣の種類や文言によって効果が違うという話だが、現在ではエネルギー事業に多少応用されている程度で、文献に載っている様な使用は不可能と言われている。

「草で隠れていて、何を書いているか書き写すのは難しそうですね」

「いっそ草をすべて刈れば……」

「やめておくれ」

ディルクとフリッツ、二人だけだった会話に、違う声が混ざる。

あの、男とも女とも分からぬしゃがれ声。

「！」

いつの間にか、寝転がっているディルクを庇《かば》う様にフリッツが侵入者の前に立ちはだかり、低い姿勢で構えている。

「男にも女にも、老人にも若者にも見える……なるほど、あなたがフレイダッハ様でお間違いないか？」

問われ、フレイダッハは銀髪の隙間の口元をにいと歪《ゆが》ませた。

「ああ、私こそが伝説の魔法使い、フレイダッハ。この神殿を守る者」

「し、神殿なんてないじゃないか！」

一度目に混乱して聞けなかった事を声高《こわだか》に問うと、フレイダッハの首がゆるりと傾げられ、フリッツの後ろで跪《ひざまず》いている様な姿のディルクを見た。

「ああ、また君か。前回も封印を欠けさせてしまったのに、今日は神殿をこじ開けるつもりかい？　困るなぁ、やめておくれ」

のんびりとしたしゃがれ声に、これまでに遭った事を思い出し、頭に血が上って立ち上がる。

（こいつの呪いのせいで、僕がどれだけ辱《はずかし》めを受けたと……！）

「訳の分からない事ばかり言って……！　いいから僕にかけた呪いを早く解け！」

「呪い？　ああ、『魔法』の事かい」

「あんなもの魔法じゃない、呪いだ！　いいから早く解け！　僕は公爵家の人間だぞ!?」

危ないからと前に出ない様にするフリッツの背から、ディルクは怒鳴る。しかしフレイダッハは怒鳴り声に一切怯《ひる》む事もなく、むしろ楽し気なそぶりを見せる。その様子に一層《いっそう》ディルクの頭に血が上るが、フリッツはそんなディルクを押し留めながらフレイダッハに口を開いた。

「主人が申し訳ない。ご高名《こうめい》な魔法使い様とお見受けする。主人も反省しているから、どうかこの魔法を解いてはもらえませんか？」

（何でこんな奴にへりくだってんだよ！）

（相手を怒らせない様に要求を飲ませる為です、我慢してください）

コソコソとアイコンタクトを送り合う主従を見ながら、フレイダッハは「ふむ……」と白すぎる手を自身の顎《あご》に当てる。

「あの魔法は、その子に必要だからかけてあげたんだがね。あれは『愛されるための魔法』だから、結果が得られれば自然と解けるとも」

「え……」

今の今まで上っていた血が、サッと落ちていくのを感じる。

愕然《がくぜん》とした顔で見上げてくる翡翠《ひすい》の瞳に、フレイダッハは金色の瞳を細めて応《こた》える。

「しかし君はそうか、アルの血筋か。ふふ、それじゃあ余計に……まあともかく、これ以上神殿を荒らさないでおくれよ」

「！」

ビュウッと急に舞い上がった強風に、フリッツは砂塵《さじん》が自分とディルクの目に入らない様に庇い、次に目を開けた時にフレイダッハの姿は無かった。

「本当に妙な人物でしたね……ディルク様？」

「え？　あ……」

フリッツが名前を呼ぶと、ディルクはハッと我に返った。

「に、逃げられたのか⁉」

「恐らく……。気配がないですから。これも〝魔法〟ですかね」

自分の言葉に反応をしないディルクが、フリッツは今しがた会った妙な人物の不可思議ぶりよりも気になった。しかし聞いた所で素直に答える主人ではないのも知っていたので、追及する事は止《や》めておいた。

それに眉唾物《まゆつばもの》の夢物語だと思っていたが、聞いていた通りの人物が出てきて少なからずフリッツも驚いている。更には突風に、騎士であるフリッツが追えない速さでの消え具合。もしかしたら、本当に古代の魔法使いなのかも……と考えてしまう。

「ディルク様が『封印を欠けさせた』と言っていましたね」

フレイダッハの言葉で引っかかった部分をディルクに確認する。

「ディルク様、この場所で何をしたんです？」

「何って……小枝を踏んだ事と、その石を持ち上げようとして、持ち上がらないし何も書いてないから……蹴った」

「足のケガはそれですか。何やってんですか、もう」

「う、うるさいな！　道に迷ってたし、その、イライラしてたんだ！」

「イライラしてたからって、物に当たっちゃダメでしょ」

以前ならここで癇癪《かんしゃく》を起こして罵詈雑言《ばりぞうごん》の嵐が来ただろうが、それをすると自身に返ってくるせいか、それとも少しは大人になったのか、ディルクは顔を真っ赤にして口を結んでいる。

（封印……地面の陣を調べていたら現れたな。封印とは、この陣の事なのか？　という事は、石を蹴った時？）

草を掻《か》き分け見ていくと、陣の線の一部分が途切れている所がある。これか。

「ディルク様、ここ。この場所をもしかして蹴った時に一緒に消してしまったんじゃないです？」

ディルクも同じ様に覗き込み、眉を顰《ひそ》めた。

「そんなの覚えてないし、大体これ砂に書いている訳じゃないんだから蹴ったくらいで消えないだろ？」

確かに。この主人は短絡的な所が多いが、頭は悪くない。

改めて周囲を見渡すと、四方に小さな木製の家……祠《ほこら》の様な物があるのに気付いた。大きさは手のひらサイズで、よくよく見ないと草に隠れて気付かなかったと思う。等間隔《とうかんかく》に置いてある祠を目で追うと、一、二、三ときて四つ目があるであろう場所に無い。近付くと、そこには踏みつぶされた残骸《ざんがい》が……。

「ディルク様、まさか……」

フリッツの後を付いて来ていた立派な体躯《たいく》のディルクを見ると、ダラダラと汗をかいて青くなっている。

「わわわざとじゃない！　ここに落ちてきた時に確かに何か踏んだけど、見えなかったし、小枝かなにかだと思ってて……！」

この不自然な場所に小さな祠、そして地面に描かれた陣。おまけに守《も》り人《びと》を名乗る謎の人物だ。これが何の意味もないのなら、そっちの方が荒唐無稽《こうとうむけい》な話である。

「もしかしたら、これを直せば許してもらえるかもしれませんよ」

「ぼ、僕がか？」

魔法は自然と解ける様な事を言っていたが、ディルクは一刻も早く解きたいだろう。フリッツもそれには同意見だ。

「とりあえず、この祠の修理と、その石に書いてある文字の解明ですね。あとこの陣については、ちょっと専門家に聞いてみます。ディルク様？」

「え、あ、うん。分かった。文字を書き写してくる」

ようやく光明《こうみょう》が見えたと言うのに、ディルクはどこか上《うわ》の空で、フリッツが声を掛けると慌てて石に向かって行った。


翌日もディルクの元気は無かった。

昨日までのやる気はどこに行ったのか、帰宅後も紙に写した古語を調べる事もせずに、早々に部屋に籠もっていた事を知っているフリッツは首を傾げる。

とりあえず朝食を食べに行くディルクの後を付いて行っていると、エントランスの方が珍しく騒がしい。ディルクも気付いたようで、視線を合わせ一緒に見に行ってみると、階下では身なりの良い金髪の壮年男性を使用人たちが慌ただしく迎えている様子が見て取れた。

「お父様！」

この家の主、ダーフィット・カウペルス公爵その人だった。

驚きながらも足早にダーフィットの元に向かうディルクに、フリッツも付いて行く。

ダーフィット・カウペルスは先々代の王の弟の血筋の由緒《ゆいしょ》正しき公爵家を三十代という若さで継いだ実力者だ。それゆえに王家にも重用《ちょうよう》されており、端整な顔立ちで、確か今年で五十代半《なか》ばくらいだったはずだが、その顔には少し疲れが見える。

同じ王都内なのだが、王宮務めで多忙なダーフィットは仕事用に別の邸《やしき》をつかっており、子供たちが学園に通うためのこの邸でダーフィットを見るのは非常に珍しい。

「お、おかえりなさいませ……っ！」

息を切らせて駆けてきた息子をチラリとだけ見て、小さく「ああ」と答えた。それだけだった。ディルクを見ると、期待と不安の入り混じった複雑な表情をしている。しかしダーフィットはもう息子の顔を見ていない。

「あ、あの……今日はお休みなのですか？」

「仕事の資料を取りに寄っただけだ」

懸命に吐き出されたであろう質問に冷たく答えながら、ダーフィットは振り返る事なく自室の方に行ってしまった。

立ち尽くすディルクの立派なはずの背中が、まるで幼い子供の様に小さく見えた。

その日の朝食は、さすがに当主がいるのにディルクの前に座る訳にもいかず、別に取った。あとでメイドに聞いた所、ディルクはほとんど食べていなかったそうだ。

5

今日で前期の登校が終わる。

そのため学園内は長期休みへの期待でどこか皆そわそわと落ち着かない。領地に帰る子が多いが、やはり長い休みということもあって、どこに行くか何をするかと話している。

上等部生徒が講堂に集められ、長期休みについての注意事項などを伝えられた後、教室に帰る道すがらもいつもよりも騒がしい。この後は担当の教師からの話で終わりだ。

「あ、ディルク様！」

水色頭が元気良く走り寄ってきた。言わずもがな、ミヒルだ。

「ディルク様は長期休みは領地に帰られるんですか？　東の方でしたよね？」

「…………」

チラッと視線を向けると、長いまつ毛に縁取《ふちど》られた大きな灰色の目がこちらを見ていた。目を伏せ、ディルクは黙って首を振った。

「え、帰らないんですか？　あ、そうか公爵家ともなると王都でのご用事が多いですもんね。僕なんかは収穫時期だから労働力として帰って来いって言われてて。ほらうち田舎の貧乏子《し》爵《しゃく》だから、収穫時期は人手不足で……」

自虐《じぎゃく》気味に笑って言うミヒルだったが、それを聞きつけた第三者が話に割り込んできた。

「ミヒル、またディルクに貶《けな》されたのか」

生徒の多い場所で王家の人間が割り込んできたものだから、周囲が慌てて道を空ける。自分のためだけに空けられた道をアルフォンスが当然の様に歩いてくる。

「アルフォンス様！　いえ、ディルク様は何も……今のは僕が」

「本当か？　お前は優しいし、ディルクからの貶し言葉に慣れてしまっているだけではないか？」

貶すも何も、ディルクは今一言も口を聞いていなかった。それなのに周囲の誰も、ミヒル以外はディルクを擁護《ようご》する事もせずに、アルフォンスが尚もディルクをその翡翠色《ひすいいろ》の瞳で睨みつけた。

「ディルク、お前はそうやって自分は高貴な生まれだと周囲を見下し、口汚く罵《ののし》る事で自身を保っているのかもしれないが、お前に流れている王族の血は微々《びび》たるものだ。その有様《ありさま》で王族の血筋を名乗って、王族の名を貶《おとし》めるのをいい加減に止《や》めろ。これは正統な第三王子としての命令だ」

「っ！」

まるで下賤《げせん》の者を見るかの様な視線を受け、ディルクの心臓が縮みあがる。恐怖ではない、失望にだ。

いや、今さらだ。分かっていた。ディルクの口元が歪《ゆが》む。

「……ご高説《こうせつ》、痛み入ります殿下。ですが僕に薄くとも王族の血が流れている事も、僕が公爵家である事も、紛《まぎ》れもない事実です。殿下がいくらご不満で不愉快に思おうと、それは殿下では変えられない事ですから」

その場にいたくなくて、言うだけ言って歩きだす。

後ろでミヒルの声が聞こえたが、それを振り切って歩く。歩く。人気《ひとけ》が減って来て、走りだす。運動不足の心臓が悲鳴を上げて、わき腹が苦しくなってようやく、裏庭の池の前で立ち止まる。

――あれは『愛されるための魔法』だから、結果が得られれば自然と解けるとも――

あのしゃがれ声がどこからか聞こえた気がする。

分かっている。

水面には、ぜえぜえと息をし汗を垂《た》らして真っ赤な顔をした、吹き出物のある、太った黒髪の男がいる。

（何て醜《みにく》い……）

こんな醜く血が薄い自分が、誰かに愛される事など、有り得る訳がないのだ。


そのまま下校時間まで時間を潰し、他の生徒よりも早く馬車乗り場に現れたディルクにフリッツは何も聞かなかった。屋敷に着くと、侍女長が迎えに出てくる。

「お父様は？」

「お戻りになりました」

本当に資料を取りに来ただけらしい。

「そう……」

（戻る、ね……）

この家は父の帰る場所ではない事を改めて感じた。

「ディルク様、書斎に行かないんです？」

部屋に戻ろうとするディルクをフリッツが呼び止めてきた。新しく調べなくてはいけない古《こ》語《ご》を見つけたのだから、先日のようにやみくもに魔法について調べるよりもやる事は山積みだ。

「今日はいい」

「あ、じゃあ祠《ほこら》の修理に使う物買いに行きます？」

「それもいい」

フリッツが怪訝《けげん》な顔をしているのは分かるが、視線を向けられない。そのまま部屋に戻ろうとしたら、腕を掴まれた。

「ディルク様、何かありました?」

真摯《しんし》な声に思わず「何も無い」と答えて、背筋を〝あの感覚〟が走り抜けた。

「ああ、もう。何でそんな迂闊《うかつ》かなぁ」

下半身を押さえへたり込んでしまったディルクを抱き上げようとしゃがみ込んだフリッツの手を振り払う。

「ディルク様?」

「いい。お前は、何もしなくていい。もう放っておいてくれ」

「は? 何もって……。ディルク様一人であの祠を直して、古語を解いて、陣を調べるんです? 無理でしょ」

呆れた様に笑われるが、ディルクは顔を伏せたまま答えた。

「……何も、しないからいい」

「え? でも魔法を解かないと……」

「解かなくていい。このままでいいから、放っておいてくれ!」

顔を上げ怒鳴るディルクに、フリッツはヘーゼル色の瞳を丸くして驚いたが、それでもすぐに気を取り直し、困った様に笑った。

「いや、そうもいかないでしょ。何言って……」

「嘘を言わなきゃ良いんだろう⁉　じゃあ喋《しゃべ》らなければ良い！　それで解決だ！」

今日だってそれで切り抜けられたと言うディルクに、フリッツの眉間《みけん》にしわが寄る。そのまま有無《うむ》を言わさずディルクの体を担《かつ》ぎ上げた。

「何すんだ！　下ろせ！　僕を誰だと思っている‼」

じたばた暴れるが、魔法の効果もあって思う様に動けないディルクを担いだままフリッツは歩みを止めなかった。途中心配そうなメイド達に「大丈夫です」と返しながらも、暴れん坊で嘘つきな主人を部屋に放り込んで扉の鍵をかける。

「何してんだ！　僕はもうお前に話なんか無いんだよ、出ていけ！」

「――ディルク様」

フリッツの両手に手を包まれ、真《ま》っ直《す》ぐに見つめられ、ディルクの勢いが止まる。

「学校で何かありました？　誰かに何かを言われましたか？」

「…………」

答えない事が答えになっているのに、小さく首を振るディルクにフリッツは思案する。

「…………ディルク様、約束しましたよね？」

「約束……？」

何の事だろうと顔を上げると、ヘーゼル色とバチリと目が合って、動かせなくなった。

「ディルク様が「思ったことを言え」と命令した時は、俺も本当の事だけを言うって」

それは一人で『嘘を吐《つ》けない』という魔法の効力を受け止めきれなかったディルクが行《おこな》った無茶な命令だった。

「俺が今から、ディルク様に一個質問するごとに、ディルク様も俺に一個質問を返せることにしましょう」

「しつもん……？　フリッツも、本当の事だけを、答えるのか？」

「はい。同じです。交互に」

「おなじ……」

目を合わせたまま呟くディルクの様子を了と捉《とら》え、フリッツは口を開いた。

「学校で、嫌な事がありました？」

「…………うん」

ポツリと、小さな声で答えが返ってきたので、それでフリッツの番は終わりだ。

「じゃあ次はディルク様の番です。俺に聞きたい事はありませんか？」

フリッツに聞きたい事……としばらくディルクは考えた。

（そういえば、フリッツの事は何も知らない）

縁故で雇われた護衛で、子爵家の出である事。落ち着いた容姿と態度で密《ひそ》かに家のメイド達から人気が高い事。それでいて実はけっこう適当で大雑把《おおざっぱ》で軽い所。それと、先日マルセルの学生時代の同級生である事が判明したくらいだ。

「…………何人兄弟？」

思わず口から出た質問は、我ながら突拍子《とっぴょうし》も無かった。フリッツも一瞬キョトンとした顔をしたが答えてくれた。

「四人です。兄、俺、弟、妹です。じゃあ次、嫌な事があったのは学校だけです？」

久しぶりに会った父親の姿を思い出す。一度しか目が合わなかった。

「……ううん」

「はい、ディルク様の番」

それ以上は突っ込んでこない。本当に一問一答なのだと思うと、少し気が楽になった。

「……家族とは、今も連絡を取る？」

「はい。俺は次男なんで家を継いだ長男とも、下とも取りますよ。一番下の妹なんかはまだ学生ですしね」

ディルクは父もだが、兄ともほとんど会っていない。連絡も取っていない。

年が離れているからだとも思ったが、やはり他の家族はそうではないのだと分かった。

（ああ……やっぱりだ……）

それからいくつか、他愛《たわい》のないやり取りが続いた。好きな食べ物。苦手な教科。学生時代の思い出。ディルクの話す答えが少しずつ長い文になっていった辺りで、フリッツの質問になった。

「じゃあ俺の番。魔法を解かなくて良いと思ったのは、何でですか？」

ずっと思っていた。ずっと感じていた。

あの魔法使いに昨日言われた言葉。

それを今日改めて確認出来たからだ。

ディルクはフリッツのヘーゼル色と目を合わせながら、呆《ぼう》とした表情のまま口を開いた。

「だって無駄だから」

「無駄？」

一度話し始めてしまったら、もう止まらなかった。

「無駄。無駄だ。だって僕が誰かに愛される事なんて、一生無い」

「そんな事は……」

最近では上《うわ》っ面《つら》の慰めは言わなくなっていたはずのフリッツが、今は本当の事しか言わないと約束したはずのフリッツが言う嘘を遮《さえぎ》る。

「無い！　無いんだよ！　だって今までだって一度も誰からも愛された事なんか無い！　この先もずっと無い！　誰も、こんな醜く太ってて、わがままで、黒い髪の僕なんて愛するはずがない!!」

ミヒル・ファンデルロフの事がずっと気に入らなかった。

貧乏な田舎の子爵家の生まれなのに、明るくて誰とでも仲良くして。

「後妻《ごさい》の子なんて、家族にも愛されないんだから誰にも愛される訳がないじゃないか……っ！」

後妻の子なのに、家族に愛されているなんて。


カウペルス公爵には二人の妻がいた。一人目は、遠い親戚にあたる現王の妹だったが、彼女は元々あまり体が強くなく、流行《はや》り病《やまい》でこの世を去った。先妻を亡くして七年後に、ようやく後妻を娶《めと》った。それがディルクの母だった。

それ故《ゆえ》に、上の兄二人は王家の血の証《あかし》である金色の髪と翡翠色の瞳を受け継いでいる。ディルクだけが、後妻の黒髪を受け継いで生まれた。生まれた時から、ディルクは家の中で異質な存在だった。

その上、母親は産後の肥立《ひだ》ちが悪くディルクを産んでまもなく亡くなってしまい、ディルクには母の記憶も無い。

上の兄はディルクが生まれた時には既に十三歳、下の兄は九歳で二人とも王立学園に通っていたし、父親も仕事のため王都の屋敷の方にいて、ディルクは本宅で使用人に育てられた。使用人たちはディルクを公爵家の子息として丁重に扱ってくれたが、それ以上踏み込む事はなかった。

物心ついた頃には当時病弱で療養に来ていた従兄弟《いとこ》であるアルフォンスの遊び相手として、それなりに楽しくは過ごしていた。しかし元気になったアルフォンスが王都に呼び戻され、その上先に学園に通う様になって会えなくなった寂しさから、ディルクは暴食に走り始めた。

更に、アルフォンスという防波堤《ぼうはてい》が無くなったディルクの耳に、貴族たちの嫌な話が入り始めた。

『家柄だけの子供』

『家族に捨てられた子』

『あの髪では、王家の血筋であるかも怪しい』

その頃から、ディルクは傲慢《ごうまん》な振る舞いが増えてきた。


「何でまた……」

「僕には家柄しかなくて、その家柄を見せるしかないから……」

話を聞いて、思わず重ねて質問したフリッツに、ディルクはボソボソと喋る。

公爵家という上位貴族として偉そうに振る舞う事で、公爵家の一員なんだと示そうとしていたらしい。周囲にその振る舞いを咎《とが》められない事でしか、公爵家の一員としての実感が持てなかったのだ。

その上、数年ぶりに従兄弟に会えると期待していたアルフォンスは、入学式ででっぷり太って辺りに傲慢に振る舞うディルクを見て大層《たいそう》失望した。その反応に、周囲もディルクは王族であるアルフォンスに嫌われているから価値無しと見なし、ディルクは早々に学園で孤立した。

それでもディルクは傲慢な振る舞いを止められなくなっていた。

ディルクは家族も従兄弟も住んでいるはずの王都で、齢《よわい》八歳にして孤独になった。

「僕だって分かっているんだ……。こんな太ってて、吹き出物があって、黒髪の、後妻の子なんか誰も愛してくれないって……」

「そんな事ないと思いますけど……」

「そうなんだよ！　ずっとそうだった！　嘘は吐かない約束だろ⁉　優しい嘘とかふざけたモノは不要だ‼」

もはや目ごと零《こぼ》れ落ちるのではないかという位ボロボロと涙をこぼしているディルクを見ても、フリッツは醜いなんて思わない。むしろ庇護欲《ひごよく》を刺激すると言うか……しかしそれを言っても泣き虫主人は信じないだろうから、その肉付いた丸い肩を力強く掴んで言った。

「よし、じゃあ痩《や》せましょう！」

「ふえ？」

突然の宣言に、ディルクは泣くのも忘れたように、変な声を口から発した。

ディルクの告白を聞きながらフリッツは思った。

（そこじゃなくないか？）

しかしディルクは自分の容姿に引け目を感じていて、それがこの自虐思考を加速させているのは分かる。逆に言えば、そこが改善のとっかかりになるのではないかと考えた。

それに肥満は体にも良くない。何かあった時にも主人が肥満では抱えて逃げるのも苦労する。

「肌の方は、メイド達とシェフが色々考えてくれているんでしょう？　最近ちょっと赤みが引きましたし」

「え、そうか？」

肌に良いという食材を食べ始め、洗顔や美容液に気を遣い始めてまだ幾日《いくにち》も経《た》っていないが、それで効果が出たなら望みがある。思わず顔に手をやり、少し泣き止《や》んだディルクにフリッツは頷きながらハンカチで涙を拭《ふ》いてやる。

「ディルク様さえその気があるのなら、我がレーンデレス家に伝わる減量術と、王国騎士団直《じき》伝《でん》の筋トレ法をもってして、ディルク様を必ず痩せさせてみせます」

「げ、減量術に筋トレ……？」

思わず怖気《おじけ》づきそうになるディルクだったが、本人もどうにかしたい気持ちがあるのか、ぐっと唇をかみしめた。髪色は変えられないが、痩せたら何かが変わるかもしれない。

「めちゃくちゃキツイですが、効果は絶対です。やりますか？」

「やる‼」

立ち上がったディルクの返答に、フリッツは満足そうに頷いた。

そうして、地獄が始まった。

6

「うあああああ！　悪魔！　外道《げどう》！」

王都にあるカウペルス公爵家の敷地内に、朝も早くから悲鳴が響き渡るが、土地が広大なので近所迷惑にはならない。

「まだ喋《しゃべ》れるなら大丈夫です！　はい、追加行きますよ～」

「あああうそうそバカ！　バカ騎士ぃぃぃぃぃ!!」

あれから二週間が経《た》った。

学園が長期休みに入ったタイミングという事もあり、早朝からまずは屋敷の広い中庭を走り、次に裏の坂道を走らされながら上からフリッツが大きめの球を落としてくるのを避けるという謎の鍛錬《たんれん》をさせられている。今がそれだ。

その後朝風呂に入り、メイド達による丁寧なスキンケア。シェフの作った減量&美肌朝食。その後は書斎で勉強と調べ物をし、午後からは再びフリッツのバカか筋肉バカしかしないような鍛錬が始まる。

（バカだ……！　騎士なんてみんなバカに違いない……！）

フリッツの生家《せいか》レーンデレス家の減量術とやらも混じっているそうなので、レーンデレス家も頭のおかしい奴の集まりに違いない。

元々友達がいなくて本を読むのが好きだったたし、幼少期のアルフォンスも病弱で家の中で静かに遊ぶ事が多かったディルクには、脳筋《のうきん》アウトドア派の気持ちが一切理解出来なかった。

（でも……）

毎日気絶する様に就寝《しゅうしん》し、夢も見ない。朝も叩き起こされるから、目覚めた時の絶望感も最近感じていない。

（そんな暇無いだけなんだけどさ）

「はい、朝の鍛錬終了です」

「ゼェッ！　ゼェ！」

呼吸もままならないディルクの前に、フリッツが軽く走って下りてくる。

「大分《だいぶ》体力つきましたね。最初の頃は序盤《じょばん》で気絶していたでしょう」

「ハァ、ハァ、うる、うるさい……っ！」

実際最初の頃よりも大分楽になった。何よりも体重が減って体が軽くなったので、動きやすい。始める前は「肥満」と呼ぶにふさわしかった体も、今は「ぽっちゃり」程度に収まる様になったと思う。今ならしゃがんで字が書ける。

顔の方は吹き出物がさっぱりなくなり、肌にも張りが出てきた。

「やっぱり若さって偉大ですね……」

スキンケアをしてくれる妙齢《みょうれい》のメイドの一人がポツリとそんな事を呟いていた。毎日フリッツにしごかれながらも努力する姿と、素直な言葉を心掛けているディルクに屋敷の使用人たちも協力的で、何なら雑談をするまでになっていた。

風呂上がりにさっぱりとした体で食堂に行くと、すでにフリッツが席について待っていた。

「主人よりも先に座るなよ」

「待っていたんですから、いいじゃないですか」

そんな事を飄々《ひょうひょう》と言われながら、向かいの席に座るとディルクの前には減量メニューが並べられる。野菜やキノコが中心だが、特に朝には腹持ちの良い肉も出る。淡泊な低脂肪の肉だが、シェフの腕により通常メニューと何ら遜色《そんしょく》の無い味となっている。

「今日は学園に行くんでしたよね？」

「ああ、もうこの家の本は調べつくしたからな。学園の本を調べようと思う」

魔法を解くための行動も再開している。屋敷内の書斎で古語や魔法について調べたが結果は芳《かんば》しくない。

「ブルクハウゼンの文字に少し似ていたんだけど、何か違うんだよな……」

「ブルクハウゼンというと、この国に統一される前の北の国の名前でしたっけ？」

「ああでも文字の系統が似ているって事は、地域や文化が似ているって事だから、北部の方を中心にもっと古いのを探してみようと思う」

でも儀式用の特殊文字の可能性もあるか……と呟くディルクに、フリッツは釘《くぎ》を刺した。

「それも大事ですけど、祠《ほこら》を直すのも来てくださいよ」

「う……お前は図書館に入れないんだから、僕が調べ物でお前が修理で分かれた方が良くないか？」

「壊したのはディルク様でしょ。ディルク様が直さないと、許してもらえる訳ないでしょう」

「うう、分かってるよ」

膨大《ぼうだい》であろう資料を一人で見ていくのだから、時間は出来れば節約したいが、仕方ない。

食後に身支度をして、馬車で学園に向かう。そこからは別行動をし、後であの場所で待ち合わせ祠の修繕《しゅうぜん》の予定だ。

「そう言えばお前が専門家に聞くって言っていたのは、どうなったんだ？」

あの場所の地面に描かれていた陣《じん》は、草を掻《か》き分けても全体像が見えないし、お互い知識が無いので専門家に連絡しておくとフリッツが言っていたはずだ。

「一応手紙を送ったんですが、まだ返事は無いですね」

「ふぅん」

魔方陣の専門家ともなると、古代魔法関係者なので数が少なく忙しいだろうから仕方ない。

まずは古語の解読と祠の修繕が先かとディルクは頷いた。

馬車乗り場で降りたディルクは、中庭を突っ切って図書館に向かう。王都内には国立図書館もあるが、学園内の図書館は初等部のと上等部の二館分を合わせると、それに勝《まさ》るとも劣らない蔵書数だ。学生向けの物が多いが、一部は卒業生や学生の家から寄付された貴重な本もある。

とりあえず、古語の解読が先かと歴史に分類される棚を覗くと、随分と本が少なかった。

「あ、課題か」

二年の課題、『我が校の歴史について』のレポート作成のために借りられていったのだろう。長期休み中は登校する生徒はほぼおらず、申請をすれば長期貸し出しも可能なので既に休み前に借りつくされたらしい。

「しまった、当てが外れた……」

目当ての古語辞典系は全部借りられてしまっていてディルクは頭を悩ませる。

(古代魔法の方を先に調べるか？　でも先に正解があるだろう古語を調べた方が絶対効率が良いよな……あ、そうだ)

「北部の歴史の本」

「それならここにありますよ」

誰もいないと思って口に出した言葉に答えが返ってきて、ディルクの背がビクリと跳ねた。

居住まいを正して声の方に視線をやると、印象的な紫色の瞳の少年が立っていた。セルスだ。

「な、何でお前が長期休みなのに図書館に……」

終礼式《しゅうれいしき》で逃げた後、学園の者に会うのは初めてで、まだ心の準備が出来ていなかったディルクは、必死に虚勢《きょせい》を張って先輩ぶって問いかけた。

「それはこちらのセリフですよ。…………カウペルス先輩、ですよね？」

怪訝《けげん》そうな顔つきのセルスに、ディルクはハッとした。

（そう言えば、痩《や》せてから初めて外の人に会う！）

まだ二週間、されど二週間。地獄の様な鍛錬で、我ながら痩せた自覚はある。顔の吹き出物も無くなった。人に会いたくなかったというさっきまでの気持ちはどこへやら、ディルクは胸を張ってセルスの前に出た。

「そうだとも。僕はディルク・カウペルスだ」

（どうだ！）

しかしセルスの反応はディルクの期待したものとは違い、興味なさげに視線を逸《そ》らして一冊の本を差し出してきた。

「今さら自己紹介していただかなくても知っています。北部の歴史関連でしたら、これが一番古い本ですが、要《い》るんですか？」

その反応にディルクは自分がまだまだ醜《みにく》い豚なのだとしょんぼりしたが、後輩の前でみっともない態度を出せずに本に目をやる。革張りで所々掠《かす》れており、随分古そうな本のタイトルは

『ファン＝ブルクハウゼン史』。この国に統一される前の北部の国名だから、ディルクが調べたよりも前の歴史だろう。差し出された本を受け取ろうと手を伸ばしたら、ひょいと腕を上げて阻止《そし》された。

「……何のつもりだ？」

手を伸ばした間抜けな状態で、こめかみをピクピクさせながら下から睨みつけるが、セルスは無表情のままディルクを見下ろした。

「要るんですかと聞いただけです。返事をもらってませんが」

「～～～要る！　要るから寄越せよ！」

脳裏《のうり》をよぎった罵詈雑言《ばりぞうごん》をどうにか飲み込みそう答えるが、セルスの腕は下りてこないで質問だけを返された。

「何で要るんです？」

「何でもいいだろうが！」

「じゃあ貸しません」

「いや、お前の私物じゃないだろその本！」

「僕の家からの寄付ですから」

そう言えばセルスの家系は北部の異国の血を引いていると聞いた事がある。紫色の瞳も北の国の特徴《とくちょう》だとか。

（という事は、セルスに聞けばもしかして読めるのか？）

と思ったが、一体あの古語をどう説明するのか。自分の先祖の故郷の古い言葉なんて見せられて、こいつが黙って教えてくれる訳がない。あの場所を教えて、あまつさえディルクに掛けられた呪いの内容まで知られてしまったら……

（死ぬ！　恥ずかしくて死ぬ！　絶対無理!!）

そうなると、嘘を吐《つ》くしかなくなるのだが、それも出来ないのが今のディルクだ。

（いや、嘘の度合いで強弱があるんだ。小さな嘘なら、どうにか我慢出来ない事はない。多分！）

「課題に使うんだよ」

ぞくっと背筋を快感が走ったが、しゃがみ込むほどではない。長期休み中に学園内へ出入りするために教師に申告した際も、どうにかなったのだからこの程度ならばいける。

「ブルクハウゼンに関する？　二年生は学園内の歴史調査ですよね？」

「し、資料が多いに越した事はないだろう。ブルクハウゼン史にも参考になる事があるだろうと思って探していたんだ」

「ふうん……」

嘘ではないので、呪いは発動しなかった。ギリギリのラインに冷や汗が出そうだ。

「まあ、もう寄付しているから生徒なら誰でも読んでいい本なんでいいですよ」

（最初からそう言ってるだろうが！）

怒鳴りたかったが、ここで揉《も》めて更に追及されるのは避けたいので我慢した。

「ああ、ありがとう」

本を受け取りながら引きつった笑顔で礼を言うディルクを、セルスは珍しい動物でも見る様にしげしげ眺めたが、やがて興味を失って去って行った。

「本一冊に何て労力だ……」

長期休み中ならば校内で人に会う事も少ないだろうと思っていたのに、初日からこれである。

そして、セルスとはこの後も度々《たびたび》図書館で遭遇する事となった。

「それで、本は参考になりそうでしたか？」

「パラパラっと見た感じでは何とも。しかも貴重本なんで貸し出しは禁止だったから、しばらく図書館に通わないといけなくなった」

ディルクが踏みつぶした祠の修繕をしながら、フリッツにそう告げた。あの本はセルスが言った様に、ベイル侯爵家寄贈《きぞう》の歴史的価値のある本だったため、図書館の外に持ち出す事は不可能だった。仕方が無いので、魔法についての本を何冊か借りて『ファン＝ブルクハウゼン史』は通いで読む事にした。

祠の方は、最初は同じ様な祠を一から作って挿《す》げ替える事も考えたが、何せ儀式的な物の様なので、素材も揃える必要があるかもとなった。そこで作り直すのではなく修繕する事にしたのだが、これがまた難儀だった。大きさは小さいので楽勝と思いきや、その分細かいので難しい。

「結構時間がかかりそうですね。ディルク様、社交の予定は大丈夫ですか？」

貴族の子が一堂に通う学園が長期休み中には社交界が活性化する。ミヒルの様に農作業や商売に精を出す場合もあるが、多くの子息たちの家業手伝いというのは社交界に顔を出す事だ。まだ親同伴でないと公式の場へは参加できない年なので、この機会に顔見せをして回るというのが通例だ。

ディルクも公爵家の三男という事で、去年までは呼ばれる事もあった。

「行っても意味が無いし、今年は全部不参加でいいだろう」

どうせ出たところで、父にも兄にも相手にされないし、第三王子であるアルフォンスに冷たく当たられているディルクに寄ってくるのなんて、王家や公爵家にかすり傷でも良いから付けたいハイエナくらいだ。それに貴族の集まる場所に行くと、ヒソヒソと自身の出生《しゅっせい》について言われるのも知っている。

「大丈夫なんですか？」

「大丈夫だよ。お父様は僕に興味が無いんだから。お前も知っているだろう？」

年に何度も会わない上、会ってもあの態度だ。ディルクはもう家族に期待をする事は諦めた。

ディルクを生まれた時から知っている家族だからこそ、外見がどうとかいう問題じゃないのだ。

それでも今は使用人たちとも話す様になってきて、優しくしてもらっている。フリッツが協力してくれる。だから頑張れる。


「爵位《しゃくい》はカレル兄様が継ぐ事が決まっているし、あの家に僕の居場所は最初から無かったんだ。成人したら早々に家を出る。その時には出来る限り公爵家のコネを使わせてもらうさ」

前向きに、どこか吹っ切れた顔で言うディルクに以前の鬱々《うつうつ》とした雰囲気も癇癪《かんしゃく》も見当たらないが、フリッツはどこか納得がいかない顔をしていた。

「それよりも、お前が連絡を取っている専門家についてだ。あの古語は儀式用の文字に似たものがあったから、お前が呼んでる専門家の知恵があればと思うんだけど、いつ連絡したんだ？」

「ディルク様から魔法の事を聞いてすぐに手紙は送ったんですがね、あちこちを転々としているから、転送に次ぐ転送で本人に届いているのかどうかも定かじゃないですね」

「何だって？　まだ届いてもないかもしれないって……あれから半月も経《た》っているんだぞ？」

ディルクは慌てるが、魔法関係の有識者《ゆうしきしゃ》の知り合いなど、フリッツにも一人しかいないからどうしようも無い。

「大体その知り合いっていうのは誰なんだ？　あちこちを転々って、あやしい奴なんじゃないのか？」

くっきり見え始めた翡翠の目を顰《ひそ》めながら、持っていた工具で指すディルクに、フリッツはあっけらかんと答えた。

「あれ？　言ってませんでしたっけ。マルセルの事ですよ」

「え」

手に持っていた工具が、ディルクの手から滑《すべ》り落ちた。

「聞いてない……」

「え？　そうですか、それはすみません。マルセルは古代魔法の研究者で各地の遺跡なんかを回ってるから連絡が取りにくいんですよ」

次兄《じけい》のマルセルが何かの歴史学者になって世界を飛び回っているのは知っていたが、まさかの希少な古代魔法の研究者だとは。

(僕は、兄様たちの事を何も知らないな……)

「でもそうか……。それなら、自力で呪いを解く方法を考えないといけないな」

呟きながら作業に戻るディルクにフリッツは首を傾《かし》げた。

「連絡はしてるって言ってるじゃないですか。その内届いたら来ますよ」

「届いても、来ないよ。……兄様は僕に興味が無いから」

俯《うつむ》いてぼそぼそと喋《しゃべ》るディルクにフリッツは心底不思議そうな顔をしている。

「前も言いましたけど、マルセルは学生時代からディルク様の話を魔法研究と同じくらいしていましたよ。年が離れたかわいい弟がいるって」

「だからそんな嘘は……」

「いや、俺がここで嘘を吐く意味なんてないですよね。俺の事が信用できませんか？」

言い切られて、ぐ、とディルクは詰まった。ヘーゼル色の目がじっとディルクを見つめている。

フリッツを信用なんて……しているに決まっている。何なら一番信用している。呪いにかかるまでは、仕方なく護衛をしているんだなと思っていたし、たまに見せる無礼な素《そ》ぶりと大雑《おおざっ》把《ぱ》な所に腹が立つ事もあったが、何なら今もあるが、その大雑把さでディルクの劣等感も受け止めてくれた。その事がどんなにディルクの心を救ったか、この繊細《せんさい》の反対の騎士は気付いていないだろう。

しかし、親兄弟の話となると別だ。

「そんな事は無い……けど、どうしても、信じられない……」

学園が長期休みになると本宅に帰って来ていた兄二人だが、どちらもディルクが近付こうとすると露骨《ろこつ》に避けて行った。長兄《ちょうけい》のカレルはディルクなどいないかの様に扱ったし、次兄のマルセルはディルクと目が合うと思いっきり逸らして行った。それでも幼かったディルクは、兄達が帰ってくる年二回の長期休みを心待ちにして、その度《たび》に悲しい思いをしていた。そのうち、どちらも長期休みは別の用事があると言って本宅にも帰って来なくなった。

(最後に会ったのはカレル兄様の結婚式だったかな)

年に一度は一族で会する新年のパーティがあるのだが、今年のそれにもマルセルは出ていなかったから、二年前の長兄の結婚式が最後だ。

「何か理由があるんだと思いますけど」

弟と目すら合わせない理由とは何だろうか？　ディルクには分からないが、今はそんな事を考える暇も無いくらい忙しい、と自分を納得させた。

「あるといいね」

何でもない様にそう言って、この感情に蓋《ふた》をする。

（大丈夫。僕は大丈夫だ）

そうして作業に戻るディルクに、フリッツがまだもの言いたげな顔をしているのにも気付かないふりをしながら。

7

それからも、早朝起床して鍛錬《たんれん》、午前は図書館、午後は祠《ほこら》の修繕《しゅうぜん》。帰ってからまた鍛錬。その中で気力を振り絞《しぼ》って魔法関連の本を読む。

そんな日々が続く中、ディルクの元に一通の手紙が届いた。

「う〜ん……」

「何ですか、それ」

書斎で一枚の紙を眺めながら唸《うな》り声を上げている主人に、フリッツが声を掛けた。

「招待状だ。親戚の婚約披露《ひろう》パーティの」

「ああ」

ディルクは王族の血筋である由緒《ゆいしょ》正しき公爵家で、おまけに父であるカウペルス公爵もとびきり優秀で王の信頼も厚い。そんな者が親戚にいれば、何としてでも呼びたいだろう。ディルクがいくら自分が公爵家では異質で必要ない存在だと思っていようが、彼が現状公爵家である事は紛《まぎ》れもない事実で、それには責任が付きまとう。

「親戚って、どんなです？」

「御祖母《おばあ》様の妹の息子の嫁の兄が主催で、そこの娘の婚約披露パーティらしい」

（それはもう他人なのでは……）

フリッツは喉まで出てきた言葉を飲み込んだ。

田舎子爵《ししゃく》家のフリッツにはあまり実感が無いが、貴族は上になればなるほど親戚が増えるもの。祖母の妹の家系という事は、公爵家……ひいては王族の血筋ではないので、ますますディルクの様に王族の血が流れる者を呼びたいのだろう。

「まだあの古語の解読も出来ていないのにな……」

あれ以来ディルクは学園の図書館で調べているが、歴史書なのであまり有益《ゆうえき》な情報が出てこない。一部、当時の建物などを描いた挿絵《さしえ》に似た文字を見つけたらしいが、用途が分からないとの事だ。

おまけに毎回の様にセルスが現れては「何か得られましたか？」と聞いてくるので、あの場所や呪《のろ》いの事がバレないか気が気ではないとディルクが帰りの馬車で毎度ぼやいていた。

長期休みもあと半月となり、学期が始まるとこれまでの様にディルクは時間のすべてを使えない。祠の修繕もどうにか形になったのだが、元あったであろう場所に戻しても、例の陣《じん》の欠けた部分が戻る訳でもなく、フレイダッハが現れる訳でも無く手詰まりとなっていた。

そして案《あん》の定《じょう》、マルセルからの連絡も無い。

「あちこち動いているから、なかなか連絡がつかない奴なんです」と言っているのだが、ディルクは最初から期待していなかった様で「やっぱり」という顔をしていた。

「パーティって絶対出ないといけないいんですか？」

「そうでもない。現に今年はずっと断っているし。でも今回は御祖母様が関わっているから……無理だろうな」

もう答えは決まっていたのだ。元公爵であったディルクの祖父の妻は、地方領主の長女でとにかく気位《きぐらい》が高い人と聞いた事がある。その親戚筋の婚約パーティとあれば、どうやってでも公爵家の人間を引っ張り出そうとするだろう。

「じゃあ礼服とか仕立てないといけないですね」

「え？」

きょとんとした顔をするディルクに、フリッツもきょとんとした顔になった。

「いやだって、今の体型に合う物が要《い》るでしょう？」

そう。このひと月半で、ディルクの体重は標準体重までになっていた。何なら筋肉が主流なので着痩《きや》せして、一見やせ型に見える位だ。

フリッツは言わなかったが、騎士団の筋トレなんて、国内の選《え》りすぐりの猛者《もさ》たちがやるものだし、レーンデレス家の減量術にいたってはよそから来た体力自慢が三日も保《も》たず逃げだすものだった。

太っていて動きにくいディルク向けに多少の改変はしたものの、一日も休まず続くとは当のフリッツも思っていなかった。それに加えて、プロのシェフによる栄養満点減量メニューで予定よりも早く減量は成功した。

フリッツの言葉を待っていたかのように、お茶の用意をした壮年《そうねん》の侍女長が目を輝かせて前に進み出た。

「すぐに仕立て屋を呼びますね！　わたくし達におまかせください、ディルク様！」

そしてその場でメイド達に指示を出すと、メイド達も頬を染め目を輝かせた。

「ディルク様の晴れ舞台！」

「ディルク様の美貌を更に高める最高級の物を揃えましょう！」

「「わたくし達におまかせくださいⅡ」」

いつも髪や肌の手入れをしてくれているメイドも一緒になって、きゃあきゃあと言いながら出て行った。この屋敷もずいぶん明るくなったものだ。

「何でそんなに……」

椅子に座ったまま呆然と見送るディルクを見下ろし、フリッツはため息を吐《つ》いた。

彼女たちがなぜこうも興奮しているかフリッツには分かっている。

それは、痩せて肌荒れを改善したディルクが、街を歩けば誰もが振り返る程の美少年となったからだ。

元々顔立ちは整っていたし、何よりも美形ぞろいの王族の血筋で父親も兄も美丈夫《びじょうぶ》なので当然と言えば当然なのだが。

元から艶《つや》のある黒髪。脂肪に押しつぶされて細くなっていた翡翠《ひすい》の瞳を多めの黒いまつ毛がくっきりと際立《きわだ》てている。元々白い肌はあまり日焼けをしない質の様でほぼ変わらず、ほっそりと長い手足でどこか弱げな御令息《ごれいそく》という趣《おもむき》だ。実際は毎日筋肉バカ騎士にしごかれているので、体力だけはあるのだが。

どんどん痩せて綺麗になっていった上に、毎日の運動がストレス発散にもなった様で、最近では悪態《あくたい》どころか声を荒げる事も減って落ち着いた様子が見られたディルクに、屋敷のメイド達は羨望《せんぼう》と憧憬《どうけい》の視線を送っていた。それはどちらかと言うと、恋愛的な憧れよりもただ美しい物を愛《め》でる心、そして『あれは私（たち）が育てた』的な思いだったが。

そんな中での、着飾れる機会到来《とうらい》とあって、メイド達ははっちゃけた。

「新しい礼服はいるけど、何もそんな……。なるべく目立たない物を用意する様に後で言っておかないと」

「いいじゃないですか。学園が休みだからほとんど誰にも会ってないし、努力の結果を派手にお披露目《ひろめ》すれば」

「バカを言うな。僕が目立ってどうする」

一方のディルクは、自分が痩せて美少年と呼べる容姿になった事に対して意外にも無頓着《むとんちゃく》だった。これは痩せてきた時に会ったセルスにスルーされた事と、自身の容姿への劣等感が根深いからであった。

ディルクにとって、太っていて吹き出物だらけなのは醜いが、痩せて肌が綺麗になったとしてもあくまで及第点《きゅうだいてん》なのだ。マイナスではなくなっただけで、プラスではない。

それに今回は親戚の婚約披露のパーティなのだから、主役はあくまでも……祖母の妹の息子の嫁の兄の娘……だ。ディルクが悪目立ちするのは良くない。

果たしてあのはっちゃけメイド達が聞いてくれるかはあやしいが、ディルクは一応執事に言《こと》付《づ》けていた。フリッツが不満気だったが放っておいた。

その時ディルクは失念していた。

祖母の妹の息子の嫁の兄の娘……となると、同じ国内の貴族の娘。つまりは王立学園の生徒である可能性を。

そして辣腕《らつわん》の祖母が、公爵家よりももっと上の王族の血筋を引っ張り出す可能性を。


忙しくしていると、パーティの日はあっという間に訪れた。

「もう減量は必要ないと思いますけどね」

食事メニューも通常……と言っても昔の様な偏《かたよ》ったものではなく、栄養バランスに配慮したものに戻してもらったが、朝晩の走り込みと筋トレは続けていた。

（戻るのが怖いから、運動は辞めたくない）

それに段々と痩せて体が動く様になったのに加え、体力も付いてきたディルクは動くのが楽しくなってきていた。

親戚の婚約パーティは午後からだが、貴族のパーティとあって午前から準備をしていてメイド達は大忙しだ。いつもよりも念入りなスキンケアを施《ほどこ》され、朝食を食べたら再び髪のセットなどに入る。

結局、用意された衣装は品のある紫に金の縁《ふち》の入ったジャケットとズボン、襟《えり》付きの白いシャツには袖《そで》に刺繍《ししゅう》が入っており、襟には翡翠のブローチが飾られていた。よく見ると上質な布や装飾品を使っている事が分かるが、一見《いっけん》は何とか地味な範囲に収まる物でホッとした。最後に赤いリボンタイを付けられて完成した所で、ドアをノックしてフリッツが入ってきた。

「お……どこぞの御令息かと思いましたよ」

軽口をたたくフリッツに言い返すよりも、ディルクはパーティ用に着飾ったフリッツに口が半開きになった。俗に言う、見惚《みと》れたというやつだ。

普段は清潔感はあるが質樸《しつぼく》な服しか着ておらず、整ってはいるが地味……という印象が強かったフリッツだったが、着飾るとこうも違うのかと瞠目《どうもく》する。

落ち着いたダークブロンドの髪は前髪を上げてセットされており、銀縁の紺《こん》の詰襟騎士服にいくつかの勲章《くんしょう》が付いている。騎士が騎士として招宴《しょうえん》に参加する時は、騎士団の者は金縁に黒の騎士服を、そのほかは見分ける為に銀縁の黒以外の騎士服を着る決まりになっている。

フリッツが普段着ているのは、個人の護衛とあって騎士服ではないため、初めて見る騎士服姿に頬が熱くなるのが分かって視線を逸《そ》らした。

「どうしました？　ディルク様。ああ、俺の騎士服に見惚れちゃいました？」

てっきり文句が返ってくると思ってフリッツが笑いながら顔を覗き込んでくるが、ここで照れ隠しに憎まれ口を叩けば〝魔法〟が発動する。ディルクは顔を伏せたまま口を開いた。

「に……似合ってる……な……」

「え……あ、ありがとうございます……」

蚊《か》の鳴く様な声で正直な感想を口にしたディルクに、フリッツの方まで照れて固まるという事態は、その後仕上げに来たメイドが入ってくるまで続いた。

8

パーティ会場は招待客が来やすいようにと王都内にある屋敷だった。公爵家であるディルクの邸宅よりは質が落ちるが、最近流行の紋様の入ったレンガ積みで、整えられた庭同様に中も豪華な装飾品が目立った。確か今回婚約をするディルクの親戚である娘の家は貿易もやっているらしく、随分羽振《はぶ》りが良さそうだ。

門から玄関までに次々に馬車が入っていく様を見ながら、これは結構な規模だと思った。長期休みに入ってからは家と人の少ない学園にしか行かない引きこもり生活をしていたので、ちょっと緊張した。

「ディルク様に付いてパーティに行くのは初めてですね」

「ああ、そうだったか」

フリッツが護衛に就《つ》いて二年だが、そう言えばあまりパーティには参加していない。と言うのも、上等部に入ってディルクの振る舞いを近くで見る機会の増えたアルフォンスが「ディルクが来るなら行かない」と発言したそうで、王族を敵に回したくない家からは招待されなくなった。そうは言っても何にも参加しなかった訳ではない。

「お前は新年会なんかでは帰省するじゃないか」

一族が集まる新年会などはディルクは強制だが、年末年始はこの護衛は長期休みを取るので、代わりの騎士を連れて行っていた。

「レーンデレス家は年越しには大事な儀式があるんで」

「何だそれこわ」

儀式・魔法・呪《のろ》い、どれもここ最近ディルクが大嫌いな言葉だ。

他愛《たわい》のない話をしながら会場に入ると、既に集まっていた招待客がざわついた。公式な会ではないため、入場に際し家門《かもん》や名前の紹介は無いので、人々にはディルクが誰か分からない様だった。

家柄以外自分に価値が無いと思っているディルクは、自分ではなくフリッツが注目を集めていると思ってむくれていた。実際、年齢が上の女性の視線は確かにフリッツに向かっていたが、会場の視線のほとんどは黒髪で一見儚《はかな》げで高貴な美少年であるディルクに集まっていた。

「お前……ちょっとモテたからって、僕の護衛を忘れるなよ」

「は？　何の話……」

「あれ、ディルク？」

ムスッとした顔でフリッツに文句を言っていたら、急に名前を呼ばれた。

「え、ディルク様⁉」

見ると、いつも見る制服姿とは違い礼服に身を包んだいつもの面子《メンツ》……アルフォンス達が勢揃いしていた。ディルクに気付いて声を掛けたのは、バルトルトだ。その後ろで、緑の可愛らしいチェックのベスト姿のミヒルが目を丸くしている。バルトルトはまだ騎士見習いなので、騎士服ではなく普通の礼服だった。

「…………」

王族の証《あかし》である深紅《しんく》のケープを肩に掛けた礼服姿のアルフォンスも少なからず驚いている様だが、ディルクと目が合うと眉間《みけん》に皺《しわ》を寄せた。

「どうしたんだ、半分くらいの幅になってるじゃないか」

学園内では険悪《けんあく》な空気になる事が多かったが、驚きのあまりかバルトルトは気安く質問を重ねた。周囲が「え、うそ」「ディルクって、カウペルス家の？」とざわざわしているがお構いなしだ。ちなみにフリッツは護衛らしく会話には加わらない様に一歩下がって待機している。

「ええっ！　本当にディルク様⁉　どこかお悪いとかじゃないですよね⁉」

「違う、普通に減量した」

実際は「普通」などという言葉に収まる様な鍛錬《たんれん》ではなかったが、そう言うディルクにミヒルはホッとした様子だった。

「いや、この短期間に出来る減量じゃないぞ。筋肉もしっかり付いているし、すごく頑張ったんだな！」

面と向かって努力を褒《ほ》められ、じわじわと頬が熱くなる。実際に地獄の様な鍛錬をしたのでそれを認められるのは嬉しい。勝手に口角《こうかく》が上がってしまうのも仕方ない。

「あ……あ、りがとう……」

頬を赤らめながら小さく微笑《ほほえ》んで礼を言ったディルクに、バルトルト達以外の周囲の視線が集まる。

「でもビックリしました。バルトルト先輩はどうして分かったんです？」

「ん？　ああ、俺は小さい頃痩《や》せているディルクを見ているからな」

「えっ！　そうなんですか⁉」

バルトルトは騎士団長の次男な上にアルフォンスと同じ年だったため、早くからアルフォンスの側近《そっきん》になるべく療養中のアルフォンスにも同行していた。ディルクもその時からの付き合いだ。

「知りませんでした！　え〜、でもセルスくんもびっくりしたよね」

「いや、僕は知ってましたし」

「え！」

一人で驚いているミヒルが仲間を作ろうと、静かにしているセルスに話を振るが、否定されて再び飛び上がった。

「何で⁉　え、知ってたって、ディルク様が痩せてた事を？」

「学園の図書館で度々《たびたび》会っていましたから」

淡々と述《の》べる言葉に、ミヒルだけではなくアルフォンスもバルトルトも驚きの顔を見せていた。

「そんな事一言も……」

「ええ～！　教えてよセルスくん！　そしたら僕も図書館行ったのに～！」

「帰省していたじゃないですか」

そう言えば、どうして帰省しているはずのミヒルがここにいるのだろうと見ていたら、視線に気付いたミヒルがニコッと笑いかけてきた。

「収穫はもう終わったし、学期が始まるのも近いので昨日戻ってきたんですすよ。そうしたらアルフォンス様に、ちょうどいいからパーティに付き合えって言われて」

「ああ、そう……えっと、殿下にも招待状が？」

何と返したらいいか分からず、ミヒルの勢いに押され気のない返事が出た。まずいかなと思って話を繋げようとしたが、また無視されるかなと思った。しかし意外にもアルフォンスは答えてくれた。

「どうしても王族に参加してくれとしつこかったので、私が代表で出る事になった」

「婚約する女性の方が、俺たちと同級生というのもあって、学園代表も兼ねているんだ」

なるほど、現在学園に在学している王族はアルフォンスだけだから、学園代表という線でも攻めたのかと納得した。さすがの女傑《じょけつ》だ。

「男子部と女子部の交流はほとんどないし、顔見知り以下の婚約パーティなどつまらないからな。ミヒル達がいれば少しは楽しめるかと思って連れて来たんだが……そう言えばお前の方が近い親類だったな」

（ああ、僕が来るとは思っていなかったのか）

ディルクが出るパーティには出たくないと公言した事もあるアルフォンスだ。言外に含まれた意味を察する。

「はい、祖母の繋がりですので。と言っても、僕もお会いした事はあるかないかという程度ですが。それじゃあ、他の挨拶《あいさつ》がありますので失礼します」

そう言ってさっさとその場を離れる事にした。お互いに印象が良くない者同士の口論など不毛だ。

「ちゃんと素直に返事出来てましたね」

離れた後、そう言ってフリッツに褒められ、ちょっと嬉しかった。

「あ、行っちゃった〜。もう、何でアルフォンス様はディルク様にいつも意地が悪い言い方をするんですか」

ディルクの去った後、ミヒルはその後ろ姿を名残惜《なごりお》し気《げ》に見てアルフォンスに苦情を述べた。

「意地悪など言っていないだろう。意地悪と言うのは、あいつがいつもお前に言うような事を言うんだ」

「さっきのディルク様は何も意地悪な事は言ってないですよ！　僕は久しぶりに会ったディルク様ともっと話したかったのに」

すまし顔のアルフォンスに、ミヒルが納得いかない様子で頬を膨《ふく》らますので、バルトルトが「まあまあ」と仲裁《ちゅうさい》する。

「アルフォンス様はディルクに対して裏切られた気持ちが大きいから、捻《ひね》くれていらっしゃるんだ」

「バルトルト！」

余計な事を言うなと怒る主人に、普段直情型に見えるバルトルトが苦笑しているというあまり見ない構図。これが幼なじみというやつかと感心しながら、ミヒルは再びディルクの姿を目で探した。

「ディルク様本当に痩せて綺麗になりましたよね〜。元からかっこよかったですけど！　ほら、周り皆ディルク様を見ていますよ」

ミヒルの言う通り、周囲の視線は今回のパーティの主役よりもディルクに向けられていた。派手な格好はしていないが、見る者が見れば上質と分かる衣装も似合っていて、あれがディルクだと気付かない者も上位貴族の子息である事は分かっているのだろう。そのうち一人、二人とディルクに話しかける者が出てきて、それに対しディルクも前の様な傲慢《ごうまん》な振る舞いはせずに丁寧に受け答えしている様子が見える。

「ディルク様、何だか穏やかになりましたよね」

その様子を見てミヒルが言うが、アルフォンスはそっぽを向いて見ようともしない。

「今だけだ。あいつの祖母の親類という事で、猫を被《かぶ》っているのかもな」

「いえ、終礼式の前くらいから穏やかになられてましたよ。僕もお礼を言われましたし……あ、見てくださいあの護衛の人に向ける笑顔！　あんな自然な笑顔、演技じゃないですって絶対！」

言い張るミヒルの言葉に視線を向けると、話しかけてきた貴族が去った後、ディルクが護衛の騎士に向けて安堵した、気を許している様な笑顔を向けていた。

「…………」

黙り込むアルフォンスに、セルスが聞こえない様に「こじらせてらっしゃる」と呟いた。


「緊張した……」

「堂々として見えましたよ」

話しかけてきた紳士が去ったのを確認して呟いたディルクに、フリッツが声と共に果実汁を手渡した。細長いグラスを受け取り静かに飲む姿に周囲から「ほう……」という熱があるため息が聞こえて見渡すと、アルフォンス達もこちらを見ているのに気が付いてフリッツは心の中でだけ眉を顰《ひそ》めた。

(ディルク様が痩せて自分に自信を持てるようになるのは良い事だし、それによって周囲の態度が軟化《なんか》するのも望ましい……んだけど)

なんだか、少しだけ。ほんの少しだけ面白くないと思っている自分に気付く。元々傲慢な振る舞いをしていても根が悪い子じゃないのは、そばで見ていれば分かっただろうに、それを今更手のひらを返して……とまで思って、自分も同じ穴の狢《むじな》であった事に気付いて落ち込む。

(いや、俺はディルク様がお痩せになる前は冷たかったのに、今さら幼なじみだとか言って親し気《げ》なあいつらにちょっとムカついただけで……大人気《おとなげ》無いな)

どちらにせよ、二十代半《なか》ばが学生に抱《いだ》く感情ではない。

「フリッツ？　何か気になる事でも……」

上の空になったフリッツを心配して声を掛けようとしたディルクが止まる。フリッツも我に返ってディルクの視線の先に目をやると、紺の礼服に身を包んだカウペルス公爵がいた。ディルクの祖母という事は、彼にとっては母親な訳で、忙しい身であろうと母親の命令には逆らえなかったのだろう。

「…………」

「…………」

ディルクから何か言おうとしている雰囲気は伝わるが、冷たくあしらわれたばかりの記憶が邪魔をするのか声になっていない。カウペルス公爵も何も言わない。ディルクがディルクである事に気付いていない、という事は無いと思うが。

二人の沈黙を破ったのは、これまた意外な人物だった。

「父上、少しお話が……ん？　お前、ディルクか？」

金色の髪を綺麗にセットした翡翠色の瞳の真面目そうでフリッツより少し年上くらいの美丈夫。ディルクの上の兄、カレルだった。

カレルはすぐにディルクに気付き、その名を呼んだ事でディルクの背筋が伸びたのが分かった。家族に対しての緊張がすごい。

「半年振りか。その姿……そうか、努力したんだな」

カレルとディルクが会うのは前回の新年会ぶりだったが、たった半年前とはまるで別人の弟を見て、カレルが落ち着いた笑みを小さく浮かべ、ディルクの細い肩にそっと触れた。

「えっ、あ……」

兄に褒められた、と言っても過言《かごん》ではない反応をもらい、ディルクが戸惑っているのが分かる。（頑張れ！）という念を送っていたら、一瞬フリッツを振り返ったディルクが勇気を出した様に再び背筋を伸ばして口を開いた。

「は、はい！　ありがとうございますっ」

頬を桃色にして返事をするディルクを微笑ましく見ていたが、カウペルス公爵の方はその様子を一瞥《いちべつ》もせずに「話とは何だ?」とカレルにのみ向き直った。ディルクの顔から赤みが引いていく。

「あ……ここでは少し」

「じゃあ部屋を用意させるか」

こういったパーティではいくつか休憩室が設《もう》けられており、ホスト側に申し出れば個室も用意してもらえる。

末の息子に一言も声を掛けることなく歩いていく父親の背中をディルクは黙って見送っていた。その華奢《きゃしゃ》になった背中を見ながら、フリッツも胸を痛めた。

(マルセルのやつは、どこで何をしているんだ)

ディルクの孤独を癒《いや》してやりたいが、彼が求めているのは何と言っていようが肉親からの愛情だろう。学生時代あれだけ弟自慢をしていた同級生が今日の前にいれば、何がどうなってこうなっているのだと襟首《えりくび》を摑んでぶん回してやるのに。

そうこうしている間に、今回のパーティの主役である婚約した二人とディルクと親戚筋である少女の親らしき男女が登場した。

アルフォンス達と同じ年と言っていたから、今年王立学園を卒業するであろう少女は、勝気そうな美人でライトブラウンの髪をアップにし、白いドレス姿で着飾っている。髪には派手な花飾りを付け、胸に赤茶の瞳に合わせた宝飾品が輝く彼女は間違いなく本日の主役なのだが、招待客の視線はまだディルクに集まりがちだった。

仕方ない。先ほど父と兄と話していた事からも、彼がカウペルス家のディルクである事が会場中に知れ渡ったのだ。あの美少年が、あの公爵家の三男、となれば注目を集めない訳がない。パーティはつつがなく進行され、自由に歓談をとなったところでも、パーティの主役に集まるはずの人だかりが、王族であるアルフォンスとディルクに集まった。

もちろん、それが気に入らない人物もいた。

「ディルク様、ですわよね？　お久しぶりです」

進み出たのが、本日の主役である白いドレスの少女と気付き、周囲が場を譲《ゆず》った。

「お久しぶりです。御婚約おめでとうございます」

丁寧に祝辞《しゅくじ》を送るディルクを近くで改めて見て、少女は一瞬ウッと詰まったが気力で持ち直す。確かにきめ細かな白い肌だし、髪も艶々だし、芸術品の様な翡翠の瞳に通った鼻筋、薄紅《うすべに》色《いろ》の唇と非の打ち所がない上に、気品も持ち合わせているが、このパーティの主役は自分なのだ。相手が王家の血筋である公爵家で、自分の家よりも婚約者の家よりも格上であろうと関係無い。だって
「随分とお痩せになったんですね。まぁ多少は見られる様になりましたが……その髪色では、ねぇ」

「！」

そう言ってクスクスと扇《おうぎ》で口元を隠して笑う。

芸術品の様な翡翠の瞳を持っていようが、王家の血筋の証《あかし》は金の髪に翡翠の瞳。

ディルクは、足りない子だ。

「痩せて嬉しいのは分かりますが、貴方《あなた》に王家の血はほんの少ししか流れていらっしゃらないのですから、少し分《ぶ》を弁《わきま》えてくださいませ」

周囲がどよめく。少女はディルクの顔色が白くなった事に気を良くして続ける。

「先ほどは公爵様に声も掛けてもらえなくて……公爵様も、貴方の事を公爵家とは認めていらっしゃらないのではなくて?」

さすがにこの物言いには、フリッツも口を出したかったが自分はあくまでもディルクの護衛騎士であり、家柄も彼女の家よりも下だ。せめてディルクにこれ以上酷《ひど》い言葉を聞かせたくなくてこの場を離れようとしたが、それを制したのもディルクだった。

視線が上がる。王家の血筋の証である翡翠色が、少女を捉《とら》えた。

「久方ぶりに会った親戚に……随分な物言いですね」

ディルクの薄紅色の唇が弧を描き、目の前の取るに足らない対者《たいしゃ》を捕食せんと開かれる。

「祖母にどうしてもと頼まれて来たと言うのに、その様な態度を取られる覚えはありませんよ。祖父の……前公爵の妻である祖母の妹の息子の、そのまたの嫁の血筋である貴女《あなた》の婚約なんて本当はどうでもいいんですけど」

少女は婚約の披露パーティという事で浮かれていた。祖母の姉が公爵家に嫁《とつ》いだため、王族や上位貴族も呼んでやると言われて、まるで自分もその仲間入りをしたかの様な気分になっていた。だから間違えた。

「僕には確かに王族の血は少ししか流れていませんが、そもそも一滴も流れていない貴女と比べられて見劣りする血筋でもありませんし、髪の色が何だと言うんです？　それよりも貴女の態度はとても学園卒業間近の淑女《しゅくじょ》とは思えないですね。格上の相手にどう接するべきかも教わらなかったのですか？」

『王家の方も公爵家の方も来られるから、くれぐれも粗相《そそう》のないようにな』

冷ややかに自分を見下す翡翠の瞳に、パーティの前に親に注意された事を思い出しても遅い。

「あ……あの……」

「貴女がどう思おうが勝手ですが、僕が公爵家であるのは違《たが》えようの無い事実です。格下の娘の婚約パーティごときに足を運んだだけでも感謝されたいね」

つらつらとよどみなく少女を糾弾《きゅうだん》したディルクは、騒ぎを聞いて慌てて娘の非礼を詫《わ》びにやって来た父親の制止も聞かずに颯爽《さっそう》と会場を出て行った。その後ろ姿をフリッツが急いで追う。

その様を、誰もが止められずに見送り、会場内は騒然となった。

「どこが落ち着いただ。見たか、今の罵詈雑言《ばりぞうごん》。女性に対する態度ではないぞ」

呆れるアルフォンスだったが、従者たちは顔を見合わせて眉を寄せた。

「あれはどう見てもあっちからケンカを売っていたでしょう」

「ディルク様がかわいそうですよ！　あんな事言われたら、誰だって我慢できません！」

賛同を得られなかったアルフォンスが顔を顰《しか》めて、黙っているセルスに助けを求める様に目をやると、セルスは紫色の瞳を伏せて小さく言った。

「生まれつきの身体的な事を言われるのは、気分の良いものではありませんよ」

その言葉に、アルフォンスも二の句が継げなくなり、ディルクが去った扉を見た。


会場を出てすぐ、ディルクは走り出した。

廊下には他の招待客や従者がいて驚いて見てくるが、構わず走り続けた。

のっぴきならない事情の為全速力で走ったつもりだったが、その腕が掴まれ引っ張られる。

(早く、早く、早く!!)

「ディルク様！」

フリッツが焦《あせ》った顔で、ディルクを止めた。理由を知っているはずなのに何故と思ったが、フリッツはすぐそばの扉を開けて、中にディルクを引っ張り込んで鍵をかける。

そこは客人の休憩用の部屋のひとつで、それほど広くない室内にはベッドと小さな机と椅子があるだけの簡素な部屋だった。

「ディルク様、こちらに……」

「ハァッ、ハッ、ハァ……！」

全速力で走った事と、のっぴきならない事情で息も絶え絶えなディルクをフリッツが抱き上げ、ベッドに座らせる。背中を丸めるディルクの前に跪《ひざまず》いて肩を抱くと、ビクリと体が震えるのが分かったが離さなかった。ディルクの礼服のズボンの一部が、じわりと色を変えていた。

「ハァ、ハァ、う、うぅ……」

興奮と快感に声を震わせて泣くディルクの中心にそっと触れると、またビクリと大げさに体を震わせたので、フリッツは宥《なだ》める様にディルクの背を優しく撫でた。

ディルクが少女に言った罵《のの》り言葉は、嘘だった。

婚約は喜ばしい事だから、どうでもよくは思っていなかった。

父親の態度に何も思っていない訳がなかった。

髪色を気にしなかった事など無かった。

「ぼ……僕がこんな髪色だから、後妻《ごさい》の子だから……っ」

痩せて肌荒れを治そうが、髪色までは変えられない。王族の証である金の髪になる事など、一生ない。

（だからお父様は、僕を公爵家だと認めていないんだ……）

家柄しかない自分。公爵家を名乗る事でしか、父の子であると実感出来なかったディルクにとって、彼女の言葉が深く突き刺さった。

「ディルク様、大丈夫です。大丈夫ですから」

フリッツの大きな手が、ディルクのズボンの前をくつろがせ下着の上から濡れた箇所《かしょ》を撫でる。ディルクの体と共に、そこがピクピクと震えた。

「あ……っ、あ、や……っ」

「大丈夫ですから、俺に身を委《ゆだ》ねて」

父親に無視された絶望とパーティ会場で主役を罵倒《ばとう》し逃げだして高ぶった精神と、魔法の効果で性的興奮が高まった体でディルクは混乱状態だった。

でもフリッツがいる。誰でもない、フリッツがそばにいてくれているという事実に、必死にしがみ付いた。

「フリッツ、フリッツ……ぁ、あ……」

フリッツの腕の中、フリッツの熱と体温を感じて頭がボーっとしてくる。はくはくと酸素を取り込もうと開けられた唇に、熱が降ってきた。

「ん……」

触れ合った唇は柔らかくて、一度離してまたすぐに重ねられた。

「ふぁ……んんっ、フリッ……ツゥ……」

「ディルク様……」

息苦しそうにするディルクに気付いて、唇が離れるが、また重ねられるを繰り返しながら、濡れたディルク自身を直接愛撫される。部屋の中に二つの水音が響く中、ディルクの呼吸はどんどん荒くなって内股が震えだした。

「あっ、フリ、フリッツ……や、で、出るから……っ」

「大丈夫、受け止めるから。出して、ディルク様……」

素早く出されたハンカチで震え立つ箇所を包まれ、耳元で囁かれるのと白濁《はくだく》の液が噴き出るのとは同時だった。

9

予定よりも早くパーティから戻った二人に、侍女長たちは不思議そうな顔をしていたが体調が悪そうなディルクを見て、急ぎ着替えさせ寝かせた。

素直に従うディルクと、どこか様子のおかしいフリッツに何かあったのか聞くも、まともな返答は得られなかった。

明けて翌日。毎日の日課になっていた朝の鍛錬《たんれん》には出られなかったディルクだが、朝食はいつものダイニングでフリッツと向かい合って食事をしていた。両者の間で会話がないため、何かしらあったのだろうと察したメイド達は、余計な詮索《せんさく》はせず給仕に努《つと》めた。

ディルクは、昨日晒《さら》した醜態《しゅうたい》が恥ずかしすぎて顔を上げられなかった。

フリッツの前で子供の様に泣きじゃくるのはこれで二回目だ。それでもって、射精を見られるのも二回目な訳で……。

（き……気まずい！）

（しかも今回は、ふ、フリッツの手で……！）

初めて他人の手で達《い》かされてしまったこの羞恥《しゅうち》は、経験した者にしか分からないだろう。あの時は色んな気持ちで頭がぐちゃぐちゃになった上での魔法の発動で混乱状態にあったが、フリッツが抱きしめて、ずっとあの落ち着く声で「大丈夫」と言ってくれた。

フリッツが触れた所からフリッツの体温が伝わってきて、性的興奮状態であったにもかかわらず、安堵したのを覚えている。

向かい合って食事するフリッツのフォークを握る手が目に入る。

（あの手に昨日……）

そのまま手は刺し取った野菜を口元に……と目で追ってしまい、ぼわっとディルクの体温が上がる。嘘を言っていないのに、心臓がバクバクとうるさく顔が熱い。

（そ、そうだ昨日……く、口づけもした……！）

対人経験がゼロに近いディルクが刺激が強すぎて消しかけていた記憶を呼び起こされ、ディルクは慌てた。

（射精の手伝いは、百億歩譲《ゆず》って、僕が呪《のろ》いで勃《た》ってたから手伝ってくれたとしても、口づけは……必要だったか？）

分からない。フリッツは大人だから、もしかしたら普通の事なのかもしれない。恋人どころか友達もいた事が無いディルクには普通が分からなかった。

でも今フリッツも気まずそうにしている。こいつだったら昨日の今日でも「今朝の鍛錬サボりましたね」とか言ってくるだろうに、それも無かった。という事は、フリッツにとっても普通ではないのかもしれない。

（あ、あれ？　普通じゃなかったら……どうなるんだ？）

謎が謎を呼ぶ状態のディルクの様子に、フリッツもいつ話しかけようかと何度も挑戦してようやく声が出た。

「あ、あの、ディルク様」

「なななななんだ⁉」

（ディルク的には）急に話しかけられて動揺しながら返事をすると、フリッツも意を決したように続けようとした。その時。

「やあやあやあおはよう諸君！　僕が参上したよ‼」

バァン！　という無遠慮な音と共に、その場の空気も情緒も吹き飛ばす大声が響いた。

皆の視線の集まる先には、薄汚れたシャツに革のベストという恰好《かっこう》の筋肉隆々《りゅうりゅう》の金髪の見《み》

笑った。

目麗《めうるわ》しい男が満面の笑みで立っていた。

「「マ、マルセル」兄様⁉」

旧友と弟の驚愕《きょうがく》の声に名前を呼ばれ、古代魔法学者マルセル・カウペルスは、にっかりと笑った。

ひとまずその恰好で邸内を歩き回られては困ると、幼少期から知っている侍女長に負かされたマルセルは浴場に連れて行かれた。マルセルの入浴が終わるまでにと、ディルクとフリッツはそれまでなかなか進んでいなかった朝食を急いで終わらせ、風呂上がりのマルセルと談話室で再会した。

「いやぁ、フリッツが送ってくれた手紙をようやく一昨日《おととい》受け取ってな、日付を見るとひと月半以上も前だし、何よりも古代魔法の手がかり！　しかも弟の窮地《きゅうち》と言うんで慌てて飛竜便《ひりゅうびん》に同乗させてもらって、途中からは魔導《まどう》列車で来たんだよ」

食事も摂《と》っていなかったそうで、談話室のサイドテーブルに盛られたパンを頬張りながらマルセルは話した。しばらく会わないうちに、さらにワイルドで口調もくだけた気がするが、手紙が届いた時にいたのは、正攻法で王都に帰ってこようとしたら二週間は掛かる場所だったそうだ。

「そんなに急いで……兄様が、僕のために……？」

話しぶりからして若干《じゃっかん》古代魔法に興味が向いている気もするが、自分の事も言ってもらえたディルクは、半信半疑ながらも喜びを抑《おさ》えられない様子だ。

「おおディルク。どうしたお前、前に見た時よりも小さくなったか？」

「痩《や》せたんです！　背はあの時より伸びています！」

体格が良いマルセルに言われて、標準より少し低いかもと思っていた思春期の弟は思わず言い返した。まるで普通の兄弟の様な会話に、胸がドキドキする。

「いやぁ～、でもでかくなったな。生まれた時は、こんな小さくてふにゃふにゃしてたのに」

懐かし気に目を細めてディルクを見る様子など、普通に久しぶりに会った兄だ。今まで目が合ったら逸《そ》らして避けていたはずなのに、どういう事だろう。

「それなんだがマルセル。お前学生時代に散々《さんざん》『小さくてかわいい弟』の話を俺にしていたよな？」

「おお、したぞ」

ディルクに何度も嘘つき呼ばわりされたフリッツが確認を取ると、マルセルはこともなげに頷く。

「いや～、九歳も離れているだろう？　当時まだ力加減を知らなかった俺がつつきまわして危ないってんで、周囲から接触禁止令が出されてたんだ」

「え⁉」

幼い頃から力が有り余っていた上に好奇心が旺盛《おうせい》すぎるマルセルがディルクに触ったら、最悪死んでしまうかもしれない。実際危なかった事があったらしく、心配した周囲がディルクがしっかりするまでマルセルからの接触を禁止したそうだ。

「カレル兄さんからは目を三角に吊り上げて、『お前がディルクに触ったら壊れてしまう！』って怒られてなぁ」

「カレル兄様が？」

あのディルクに全く興味がない長兄《ちょうけい》が？　信じられない、とディルクは目を丸くする。

結局、マルセルが学園を卒業する年になってもディルクは九歳。解除されないまま今に至っているらしい。

「ディルク様なら俺が鍛《きた》えているから、マルセルの可愛がりくらいなら大丈夫だと思うぞ」

「本当か⁉　ディルク～！　やっと抱っこできるぞ～！」

「え⁉　あ、ちょ……っ！」

フリッツに言われて、今まで我慢していたのかマルセルがガバっと襲い掛かって来た。慌てるディルクだったが、頭一つ大きい兄に抱きしめられて、すぐに大人しくなった。

（う、うわ……あったかい……）

ずっと夢見ていた、肉親からの抱擁《ほうよう》に目頭《めがしら》が熱くなりバレない様にこっそり拭《ふ》いた。抱きしめているマルセルにはもしかしたらバレたかもしれない……そう思った矢先、背中に回っていたマルセルの手がディルクの脇をがしりと摑んだ。

「軽くなったな〜ディルク。ほ〜ら高い高———」

「た……ギャ———！」

「ディルク様！　マルセル！　そこまで！　やめろ!!」

「わははははは」

ディルクは記憶には無いはずの、マルセルのやらかし事件の内容が分かった気がした。

散々騒いで兄弟の絆《きずな》を確認したり失いかけたりした後、マルセルはすぐにでも件《くだん》の陣《じん》を見に行きたいと言った。ディルクたちとしても願ってもないので、さっそく三人で学園に向かった。抜け道から行こうと声を掛けたフリッツに、マルセルはフッフッフと得意げに笑って懐《ふところ》から一枚のカードを出して見せた。

「国家歴史学者の証明章だ。これがあれば、歴史的価値があるどんな場所でも入り放題なのさ」

お前は僕の助手って事にしてやるよとフリッツに言い、軽く足を蹴《け》られていた。本当に仲が良いみたいだ。兄の交友関係なんて今まで知らなかったし、フリッツが自分以外にふざけているのも初めて見る。

意気揚々《ようよう》と草を踏みしめながらマルセルが進むのを、ディルクたちが後ろを付いて行くという並びに、ハッとする。

「マルセル兄様は場所を知らないでしょう！　なぜ先頭を歩かれているんですか？」

「え？　あ～そうだった！　うっかりうっかり」

わははと笑ったが、すぐにまた歩を早めたり別方向に行ったりするので、思わずディルクはその手を取った。

「もう！　ちゃんと付いてきてください！」

「わはは、弟に怒られた」

ぎゅっと握り返される手に、口角《こうかく》が上がりそうになるが今はマルセルに注意をしているのだから、とディルクは顔に力を入れる。しかしその手は、いくらかも進まない内に別の手によって剝《は》がされた。

「フリッツ？」

見ると、フリッツが不機嫌そうに手を挙げている。あの手刀《しゅとう》で繫いでいた手を剝がした様だ。

「手なんか繫いで、ディルク様がまた落ちたりこけたりしたらどうするんですか。こいつなんて、これで良いんですよ」

そう言って、妙に慣れた手つきでマルセルの腰ベルトに紐《ひも》を括《くく》りつけ、その先を持つ。愛玩《あいがん》動物を散歩させているので見た事がある光景だ。

「わはは、懐かしいな」

「ほら、行きますよディルク様」

動物扱いをされてもマルセルは気にした風でもなく、また道を外れそうになりびんっと紐を引っ張られて戻された。もしかしたら、学生時代に経験があるのかもしれない。

言われてディルクは一人で歩き出す。マルセルの前では、フリッツも気持ちが学生時代に戻るのか気安くて幼い気がする。何だかかわいく見えるのだが、二人でばかり話していて少し不服に思う。

（いやいや、これはワガママだ！）

兄との仲を取り持ってくれたのはフリッツなのだし、あちらも久しぶりに会った旧友だ。年が離れたディルクが会話に付いて行けないのも仕方ない。そう思い直して、例の場所への案内に戻った。

すでに何度も通った場所への道を間違えるはずもなく、目的地へは程なくして着いた。

「おおおお～～～ここがそうか！　これは！　うむむむ！」

着くなりマルセルは大興奮であちこちを見て回る。祠《ほこら》を見て、石を確認し、地べたに這いつくばって草を掻《か》き分ける。

「どうかな兄様？」

「うん。うん、そうだな……」

何度も頷きながら、鞄から取り出したノートを見ては何か書き込んでいる。しばらくはそっとしておいた方がいいかと見守っていたら、急にガバッと起き上がった。

「面白い！　実に面白い物を見つけたなディルク！」

這いつくばっていたせいで草と土が付いた手でガシガシと撫でられ、フリッツがすぐにディルクの髪に付いた土埃《つちぼこり》を払った。

「それじゃあやっぱり古代魔法の……」

「ああ、そうだな！　ここは学園創立時に作られた神殿であると推察される」

「神殿!?」

フレイダッハが言った通りの見解に、ディルクもフリッツも目を丸くした。

「で、でも兄様。ここには石と祠くらいしか無いです。神殿と言うのは、祀《まつ》る対象があるのではないですか？」

「うん、良い質問だ。おそらくそれは、この陣の下にあるな」

「下……？」

生《は》えそろった草で隠されている陣の更に下となると、地中だろうか。

「その石に彫《ほ》ってある文字が分かるのか？」

フリッツに訊かれ、マルセルはペラペラと年季の入ったノートをめくる。ある箇所《かしょ》でビタッと止まりこちらにも見える様に向きを変えた。そこにはびっしりと古代文字が書かれていた。

「これはまだ独立していた時代のファン＝ブルクハウゼンで使われていた字だな。ほらここ、同じ形だろう？」

「本当だ。兄様、僕も図書館でファン＝ブルクハウゼン史の歴史書は読んだんですが、その中には挿絵《さしえ》にしかその文字は出てこなかったんです。兄様は読めるんですか？」

「おお、ちゃんと系統までは絞《しぼ》り込んでいたんだな！　僕の弟は優秀だな。将来は歴史学者になるか？」

笑って褒《ほ》められ、ディルクの白い頬がぽわぽわと赤くなるので、フリッツが先を促《うなが》した。

「言ってる場合か。それで、何て書いてあるんだ？」

マルセルが、石の文字を確かめる様に指先で撫でながら追っていく。

「『此処《ここ》に未来永劫《えいごう》の栄光と叡智《えいち》と繁栄を願い、建国す。東西南北の血をもって邪《じゃ》を封じ、平和な世を作る事を誓う』」

「建国……？」

「邪？」

学園の創立は四百五十年前。この国が出来てすぐの事だ。この文では、王城ではなくこの場所が国の始まりの様だが。

そして続く言葉、『邪を封じ』というのが、この陣と古代魔法の役目なのか。

「それに、東西南北の血って何だ？」

「学園創立者の血だろうね」

あっさり答えたマルセルに、質問したフリッツだけではなくディルクも驚いた。二人の視線を集め、マルセルは得意げに笑った。

「実はフレイダッハという名前に、僕は心当たりがあるのだよ」

「えっ！」

最初から手紙に書いてあった人物を知っていると言うマルセルの首根っこをフリッツが「早く言えよ！」と怒鳴りながら掴む。

「ごめんごめん。現場を見てからと思ってたんだけど、やっぱり合ってるみたいだね。フレイダッハと言うのは、学園創立者の一人の魔法使いの名前だよ」


四百五十年前にこの王立学園は四人の賢人《けんじん》によって作られた。

北の魔法使いフレイダッハ。東の指導者アルベルテュス。西の聖者ティム。南の開拓者ヒエロニムス。

四人は力を合わせ、争いが絶えなかった互いの地を治め、一つにまとめた。中でも魔法文化の根強かった北の大地だけ統一が遅れたが、四つの地は無事手を取り合い、一つの国となった。

そしてそれぞれの持つ智慧《ちえ》を受け継がせるために、学園を創立した。

「これがこの学園の、いや国の始まりだよ」

一度戻ろうと屋敷に戻り、今度は書斎に集まったディルクとフリッツに、マルセルが広げられた地図を指しながら解説した。

「この学園は、王家主導で建てられたんじゃなかったのか？　お前、どうしてそんな事」

「ああ、ちょうどディルクと同じだよ。上等部二年の時の構外学習で調べたんだ」

当時はさほど目立つ事のなかったレポートとなったが、マルセルはこの課題で歴史研究に目覚め、学者になる事となった。

「あの、東のアルベルテュスと言うのは、初代国王の事ですか？」

気になっていた事をディルクが質問すると、如何《いか》にもとマルセルが頷く。初代国王は東の地の出身だが、建国に際し中央に移動したのだと言う。そして今、その東の地を治めているのは……

「王家傍系《ぼうけい》のカウペルス公爵家って事か」

今代で王妹《おうまい》と結ばれたので、傍系ではなく主系に戻ったとも言えるが、何にせよ王家の血筋の者という事だ。そう言えばフレイダッハは、ディルクにアルの血統がどうとか言っていた気がする。そうすると、次は別の疑問がわいてくる。

「四百五十年前なんですよね？　まるでフレイダッハ本人かのような言い方でしたけど、そんな訳無くないですか？」

「どうだろう？　古代魔法の文献には、不老不死の魔法もあったとあるから、建国者の大魔法使いなら、ひょっとするかもしれないよ？」

面白くなって来たなと笑われるが、そんな国の根源を探るよりもディルクは自分の身に掛けられた魔法を解きたいだけなのだが。完全に目的が変わっている。これが学者という生き物なのか、マルセルという生き物なのか、判断付きかねてフリッツに視線で助けを求めるが、頼みの騎士は何かを考え込んでいる。

「フリッツ？」

「えーと、そのヒエロニムスという人物、俺の祖先かもしれません」

「え⁉」

「俺の故郷の方で英雄と呼ばれている人だと思う。南部は昔は乾荒原《かんこうげん》の地だったのを、ヒエロニムスという名の開拓者が開墾《かいこん》していって、豊作の地になったと言われている」

「おお、それは興味深いな」

ヒエロニムスは乾いた地に緑を生《は》やし、人々が飢《う》える事のない地にした。当然、彼は人々から慕《した》われ指導者となった。そして民衆からの人気はすさまじく、つまりモテた。めちゃくちゃモテた。

「南部の爵位《しゃくい》のある家系は、大体ヒエロニムスの傍系だと思う」

「へ、へぇ～……」

四百五十年も前で、南部の田舎となれば食べ物を生み出す者が一番モテてしかるべきなのかもしれない。ちょっと理解が追い付かないが、ヒエロニムスの子孫は沢山《たくさん》いる様だ。

「多分ミヒル君もそうでしょうね」

「ああ、そう言えばあいつも南部の子爵家だったか」

収穫時期なんで帰省しなきゃと元気いっぱい言っていた笑顔が、太陽を背景に思い浮かぶ。嫌味でもなく、とても似合うと思う。

「そこで気になるのがね、僕は学生時代にそれはもう学園内をくまなく探検したと思うんだけど、あの場所にはたどり着けなかったんだよ。もしかしたら結界が張ってあるのかもしれないな」

「結界、ですか」

確かにマルセルの行動力で王立学園に通う十年があれば、学園内のすべての場所を網羅《もうら》出来るだろう。フリッツも頷く。どれだけあちこち歩き回っていたのか。

「〝東西南北の血〟のどれかが複数無いと入れないんじゃないのか？」

マルセルは東の指導者、フリッツが南の開拓者の血を引いているのなら、確かにと思いかけてはたと気付く。

「僕は一人であの場所に迷い込みましたよ？」

そして呪いを受ける羽目《はめ》になったのだ。

「ディルク様の場合は、落ちたから偶然じゃ」

「いや、それはない。結界があるのなら、その場所に入る事も見る事も出来ないと思うからな。そうなると、あとの可能性は一つだ」

マルセルはメイドが用意したお茶を一気に飲み干し、ディルクを指差す。

「リシェさんが〝西の聖者〟の血統だったんだろう」

「え……」

ディルクの翡翠《ひすい》の瞳が大きく見開かれる。

リシェというのは、ディルクの母親の名前だった。

「リシェさんの故郷には海があると聞いた事があるから、多分間違いないよ」

この国で、海に面しているのは西側だけだ。つまり、ディルクの中には東と西の血がそれぞれ流れているから、結界を突破出来たという事だ。

思わぬところで母親の話が絡んできて、ディルクは動揺した。

ディルクは自分を産んだ母の事を覚えていない。抱かれた記憶も無い。

ディルクが厭《いと》う黒髪と同じ髪色だった事と、子爵家の生まれである事位しか知らない。

「お……母様の血があるから結界を突破出来たとしても、僕に掛けられた呪いを解くのとは関係ありませんよね。それよりも兄様はこの呪いを解く方法に心当たりがありましたか？」

突然母親の話が出た焦《あせ》りでそっけない態度で尋ねると、マルセルは「歴史的価値がある話なのにな～」とブツブツ言いながらも儀式関連の本を本棚から抜き出す。

「欠けた魔方陣と壊れた祠は連動していると見るのが常套《じょうとう》だろうな。……もしかしたら、ディルクに掛けられた呪いはフレイダッハが掛けたものじゃないかも」

「どういう事です⁉」

あれだけ苦汁《くじゅう》を舐《な》めさせられた呪いが、あの魔法使いがやったのではないと言うなら、なんだと言うのだ。あいつはよりにもよって『愛されるための魔法』なんていう悪趣味な魔法を掛けてきたのだ。次会ったらただじゃおかないと思っている。

しかしこの意見に、フリッツも賛同する様に重ねた。

「フレイダッハが掛けた魔法は、封印を欠けさせたディルク様へのおしおきの様な言い方でしたけど、そもそも『封印が欠けた事による支障』は無かったんでしょうか？」

「え」

言われてみれば、祠を踏みつぶし、陣を欠けさせたのだ。

そしてそこには昔の大魔法使い始め建国者たちが「邪を封じ」と書いてあった。

「も、もしかして僕って……本当に呪われているの、か……？」

フレイダッハに掛けられた魔法をずっと「呪い」と呼んできたが、それではなく本当に危ない呪いが掛かっているかもしれないと聞いてディルクは震えた。

魔法のほとんどが解明されたと言えど、呪いに関する怖い話は事欠かない。『嘘を吐くと気持ち良くなってしまう』以外の本当の呪いに掛かっているのだとしたら……

「ふ、フリッツ！　僕死んじゃうのか⁉」

「ディルク様落ち着いて」

思わずフリッツにしがみついて泣き言を言うと、大きな手に背中を優しく撫でられた。すっかりこの手に安心させられる様になってしまったディルクは、力を抜いて深呼吸をした。

「僕は今夜はこの書き写した陣の解明をしてみるから、明日また話し合おう」

「はい……」

書斎の本を何冊か抱えて出ていくマルセルを見送ったディルクを、フリッツが椅子に座らせ正面にしゃがみ込む。

「大丈夫ですか？」

マルセルとの再会からの和解に、学園創立の話、母親の血統に加え別の呪いの存在。頭も感情も追いつかない。それでもディルクの前で、ディルクの手を握り心配気に見てくるフリッツが安心感をくれる。

「呪いもだけど……母様の話を人から聞くのは初めてだったから、ちょっと動揺した」

素直に言うと、フリッツが聞く姿勢になって視線で先を促《うなが》すから続けた。

「母様は僕を産んで少しして亡くなられたそうなんだけど、カウペルスの家には母様の絵姿《えすがた》も無いんだ」

使用人たちからも母親の話は聞いた事が無いので、母の話は禁句なのかと思っていた。それこそ、何かしら問題がある女性だったから皆口を噤《つぐ》み、その子供であるディルクも皆に避けられているのかもと。

「マルセルはそんな様子はありませんでしたけど」

「うん、だからちょっとびっくりして……マルセル兄様だけの可能性もありそうだけど」

「それは……まぁありそうですけど」

自分の興味のある事に一直線で、その他をあまり気にしないマルセルだ。フリッツもフォローが出来ず頷いたので、お互い目を合わせてちょっと笑ってしまった。

「母様の事は気になるけど、マルセル兄様とこうして仲良くなれたから今はいいや」

もう容量がいっぱいだ。

「そうですね。まずは呪いについてで、後は落ち着いたら……」

そこでもう一度目が合って、ディルクは思い出した。落ち着いたら考える他の事の中に、目の前の男も含まれている事を。

(昨日何で口づけたのか……今聞くのは、違う……よな?)

心臓がドキドキしてきて、思わず視線がフリッツの唇に向かう。あの唇が昨日……と思っていると、ディルクの手を包んでいたフリッツの手に力が入ったのが分かった。

(え、え、あれ? 何で近付いて……)

このままでは、また唇がくっついてしまうと思うのに、ディルクの体は動かず、ただ自然に目を閉じた時、
コンコン

やけにはっきりとした音で扉を叩く音が響いた。

ディルクが驚いて思わず顔を背《そむ》けると、フリッツが素早くドアの前に行き開けてくれた。

「貴方《あなた》は……」

フリッツが息を飲む声がして、赤くなっているであろう顔のままだがディルクも振り向くと、そこにはこの屋敷ではついぞ会う事のなかった人物が立っていた。

「カレル兄様……」


その日の夕食はシェフもメイドも、それはもう張り切った。何せ滅多《めった》に無いどころか、この王都の邸宅で三兄弟が揃った事など初めての事だ。特に長男カレルが王立学園に通い始めた頃からいる侍女長の張り切りぶりは凄《すさ》まじかった。何ならちょっと泣いていた。彼女なりに、この兄弟の不仲をずっと憂《うれ》えていたのだろう。

「まさかこの屋敷で兄さんに会うとは思わなかったよ」

「それはこちらの台詞《セリフ》だ。ろくに連絡も寄越さず新年会にも来ないお前が……ちょっと見ない間にマナーが退化しているぞ」

「ああ、いけない。遺跡調査なんかに行くと外で自給自足になるから、どうしてもマナーを忘れてしまうね」

軽快な会話に付いて行けずに、ディルクは二人の兄の顔を交互に見る。ディルクとマルセル二人だけならば一緒に食卓についたフリッツは後ろに控えている。

「ああ、ディルク。お前べチェが食べられる様になったのか。良かったな」

「え、あ、はいっ」

カレルがディルクの皿に気付き声を掛けた。兄弟の会話に混ざれてディルクは慌てる。なんせ初めての体験だ。

「それで兄さんはどうしてここへ？　奥さんはいいの？」

二年前に結婚して王都内で別の屋敷を構えているカレルにマルセルが訊ねると、ああ、とカレルがナイフを置き、口元をナプキンで拭《ぬぐ》った。

「それなんだが、実は妻に子供が出来た」

「えっ！」

「へえ、それはおめでとう」

次期公爵になるカレルの子となれば、その子が跡継ぎだろう。待望のである。周囲の従者たちも口々に「おめでとうございます」と口にした。

「父上にはもう報告したの？」

「ああ、先日ちょうど会う機会があったからな。それでディルク、お前に後で渡したい物があるから、食事の後に私の部屋に来る様に」

「は、はい」

兄の子はめでたいが、一体何の用だと内心ドキドキしながら、食後カレルの部屋に向かった。ドアをノックすると、すぐに返事がしてそっと入室する。

自室の中でも服を着崩す事をしていないカレルが、椅子に座る様に言うので大人しく従った。

カレルはクローゼットからと鞄から何かを取り出し、机の上に置く。一つは封をされた手紙。もう一つは、一枚の紙だった。

「これは……？」

「どちらもお前に渡そうと思っていた物だ」

言われて、とりあえず紙を拾い上げひっくり返す。それは、絵姿だった。

黒髪の女性が優し気に微笑《ほほえ》んで、こちらを見ている。

「この人……」

「リシェ様。お前の母親だ」

静かにカレルがディルクの向かいに座った。

「リシェ様がうちに来たのは、まだ二十歳《はたち》になったばかりの頃だった」

最愛の妻を亡くしたカウペルス公爵の元には、次から次へと見合いの話が舞い込んできた。

しかしカウペルス公爵は幼少期からの許嫁《いいなずけ》であった先妻を心から愛していて、その全てを断っていた。そうは言っても社交界においてパートナーがいないというのは外聞《がいぶん》も悪いし、妻として屋敷を仕切る者がいないのも不便だ。

そんな中、リシェは公爵家に最初は侍女としてやって来た。こういったやり方はリシェが初めてではなかった。侍女として公爵家に入り込み、公爵に近付き後妻を狙う貴族子女はこれまでも何人もいた。しかし、リシェだけが遂に公爵の頑《かたく》なな心を溶かし、二人は結ばれた。

「父上は母上の事を心から愛していたけど、失った悲しみを癒《いや》してくれたのはリシェ様……お前の母親だ」

カレルにとっては母親である先妻が流行《はや》り病《やまい》で亡くなってから、家は明かりを失った様だった。しかしリシェが来て、カウペルス公爵だけではなく、カレルもマルセルも元気をもらった。

「明るくて、元気で、見ているだけでこちらが笑顔になる様な方だった。あと歌が上手でね、マルセルなんかはよく寝る前に子守唄をせがんでいたよ」

初めて聞くばかりの母親の話に、ディルクは瞬《まばた》きしか出来ない。

「僕は……家では母様の絵姿も見ないし、お話も聞けないので……嫌われていたのかと」

「違うんだ、ディルク。本当にすまない」

十三歳も上のとっくに成人した兄が、眉を顰めて謝罪をくり返すのを驚いて見ていると、兄は絞《しぼ》り出すように言った。

「ようやく癒《い》えた傷が、またくり返されてしまって、私たちはその痛みに耐えきれなかったんだ」

先妻が亡くなった傷が癒えたと思ったら、今度は後妻《ごさい》も亡くなってしまった。

「特に父上はそれまで以上に仕事に打ち込む様になって……あれは現実逃避だ。それから私も……」

そこでカレルがいったん言葉を切り、少し言いにくそうに視線を逸《そ》らした。

「実は……彼女は私の初恋なんだ」

「えっ」

驚いたが、母がディルクを産んだのは二十二歳の時。当時カレルは十三歳。父であるカウペルス公爵よりも年が近い。

「その……本当に幼かったんだ。初恋の人が父と再婚して、母親になって、そして亡くなってしまって……。幼すぎた私はそれが自分の中で処理しきれなくて、何も悪くないディルクを見ると彼女を思い出して辛くて……」

確かに、それならばかなり複雑な想いだろう。この絵姿も、少年時代のカレルが写しを貰《もら》い、密《ひそ》かに持っていた物だそうだ。

「でも自分の妻に子供が出来たと知った時、お前の赤ん坊の頃を思い出した。私は子供に胸を張れる父親になれないと、思った」

それから立ち上がったカレルは、ディルクに向かって勢いよく頭を下げた。

「すまなかったディルク！」

「え、そ、そんな！　大丈夫です！　兄様の気持ちは分かりましたから！」

母は嫌われていなかった。自分も嫌われていなかった。それが分かっただけで十分だ。

「私がお前にした仕打ちは、とても許されるものではない。これから一生をかけて償《つぐな》うから……」

「だからいいですって！　それよりも兄様、こっちの手紙はなんですか？」

元来生真面目《きまじめ》な兄の暴走を必死で止め、話を変える。これから子供が生まれて父親になろうというのに、弟に一生をかけている場合ではないだろう。

「あ、ああ。それは彼女の……お前の母からお前への手紙だ」

「えっ⁉」

どうしてそんなものが……と驚くが、昨日魔科伝書を使って本宅の使用人から送らせたらしい。

「父も私もそんな態度だったから、使用人たちが気を遣って彼女の痕跡《こんせき》を隠していたんだ。本当にすまなかった」

使用人が主人を想っての行動ならば咎《とが》める事は出来ない。ディルクが生まれたてで母親の記憶も無いから、最初から無いものとした方が恋しがる事も無いと思っての行動らしい。

「彼女はお前を産んで亡くなるまでに、手紙を書いていたんだ」

封を切ると、中には折りたたまれた三枚の便せんが入っていた。ふわりと香《かぐわ》しい匂いがした。開くと、繊細《せんさい》な字で母からディルクへの想いが綴《つづ》られていた。

愛し合った夫との間の大事な子だという事、産んだ事への後悔は全く無い事。貴方の事を誰よりも愛しているという内容がびっしりと書かれていた。ディルクを遺《のこ》していく事を悲しみながらも前向きな文章は、確かに自分が愛されていると感じられた。

「お前があのパーティで黒髪を気にしている様だったから……。お前のその髪は、私たち家族が愛して、お前の事を誰よりも愛している人から受け継いだものだと伝えたかった」

それで昨日の今日で手紙と絵姿を届けに来てくれたという事だったのか。

「…………っ、ひ……」

何か言わなくては、と思うのだが、言葉が出てこない。

喉《のど》が引きつり、しゃくり声と涙だけが零れ落ちていく。

(僕は……母様に愛されていた……！)

誰にも愛されないと思っていた。たとえ母親でも、その命と引き換えならば恨まれていると思っていた。

その日ディルクは、涙が枯れるまで泣いた。

10

翌朝、メイド達の努力により幾分《いくぶん》か腫《は》れが引いた目で部屋から出てきたディルクは、部屋の前で待っていたフリッツを見て目を逸《そ》らした。どう見ても泣いたのが分かるのが気恥ずかしかったからだが、様子窺いに再びフリッツを見たら、優しい顔で微笑《ほほえ》まれて次は違う恥ずかしさに顔を伏せた。そう言えばカレルの登場で吹っ飛んでいたが、昨日も口づけされかけたんだった。

何か言わなければ、とフリッツに再び向き直ろうとした時、

「おはようディルク〜！」

明るい声と共にマルセルが飛びついてきた……と思ったら、いつの間にかフリッツの腕の中にいた。

「マルセル、ディルク様を鍛《きた》えているとは言ったが、お前みたいな筋肉でか男が飛びつくとケガをする」

「え、そうなのかい？　ごめんごめん」

マルセルが謝るとフリッツの腕から解放された。心臓の早鐘《はやがね》が収まる間もなく、マルセルが矢継《やつ》ぎ早《ばや》に喋《しゃべ》り始めた。

「あの陣《じん》とあの場所に封じられている〝邪《じゃ》〟について調べたんだけど、あそこにはこの国の人の負の感情を増幅させると言われている邪神《じゃしん》が封じられているという説が妥当だと思う。だから やっぱり、ディルクがその封印を解きかけちゃったから、呪われたと思うんだよね」

「え！」

とりあえず朝食と身支度を済ませ、三人は早速《さっそく》学園に向かう事にした。カレルは身重の妻を放っておくわけにはいかないと、昨日遅くにすでに帰宅した。

「封印は四家の祠《ほこら》と石碑《せきひ》の五つと陣で構成されているみたいだから、ディルクが祠を一つ壊しちゃった後に、石碑を蹴《け》ったんだろう？　それが引き金になったみたいだ」

「う……」

完全なる自業自得にディルクが落ち込む暇も与えず、マルセルの講釈は続いた。

いわく、この地に争いが絶えなかったのはその邪神の力によるものが大きく、四賢人《よんけんじん》はそれを封じてから国を作ったと。

「本来ならその欠片《かけら》でも憑《つ》いてしまうと、精神を病《や》んでしまうと思うんだけど、ディルクはそんな感じでは無いよね？」

「そう……ですね」

感情の起伏が激しくネガティブな方だが、正直これは元からだ。特に増幅されているとは思わない。単純にここ最近起こる事が大きすぎただけにすぎない。

頷くディルクに、マルセルはうんうん頷きながらノートに何かをメモしている。

「やっぱり。だとすると、フレイダッハはその呪いを軽減する魔法をかけたのか、もしくは〝西の聖者〟の血統のせいかな」

「〝西の聖者〟の血統だと何かあるんですか？」

母がその血筋かもしれないとは、昨日聞いたばかりで現実味が無い上に〝聖者〟が何を意味するのかも分からず訊ねたディルクを見て、マルセルは一冊の本を取り出した。どうでもいいが、鞄の大きさに比べて出てくる物の容量が多すぎる気がする。

「西部は海に面していて自然の脅威が身近な事もあって、昔から信仰が強いんだ。中でも聖者と呼ばれる……そうだな、この辺では〝巫女《みこ》〟と呼んだ方が馴染《なじ》みが深いかな、そういう人が指導者になっていて、邪に対する耐性が普通の人より強いと言われているんだ」

「それで、弱まった呪いをフレイダッハが違うものに変化させた可能性もあるって事か」

確かに、邪神の呪いが『嘘を吐いたら性的に気持ち良くなる』って何だそれと思う。偉大な魔法使いの魔法がそれでも、やっぱり何だそれと思うが。複雑な顔をするディルクに、魔法の内容を知っているフリッツは苦笑していたが、マルセルにはそこまでは話していないのでフレイダッハの事を讃《たた》えていた。

「変化させたと言うより、違う魔法で抑《おさ》えつけたって感じだね」

つまり呪いも残ってはいるという事だ。

「それで、どうやってその呪いを解くんだ?」

学園に着いて、颯爽《さっそう》と神殿の場所に向かうマルセルを追いながらフリッツが訊ねると、マルセルは振り返ってそのまま意気揚々《ようよう》と喋《しゃべ》り出した。

「あの石碑にやたらと〝血〟と書いてあった上に、四つの祠だろう? 僕の仮説では、祠を修《しゅう》繕《ぜん》するだけでは無く、その祠に合った〝血〟が必要なのでは無いかと思うんだよ」

確かに、祠を修繕した時にどうしようもなく処分して挿《す》げ替えた部分もある。しかしそれならば、

「ディルク様が壊した祠は、どこの物だ？」

ディルクは北側にある特別棟を背にして進んだ。つまり
「〝北〟だね」

マルセルには東の、フリッツには南の、そしてディルクには恐らく西と東の血が流れている。北は、ちょうどいない。

「フレイダッハ本人をとっ摑まえて血を貰《もら》うしかないって事か？」

あの神出鬼没《しんしゅつきぼつ》の人物が果たして探して見つかるのか。いや、その前にあの魔法使いは現在生きた状態なのか？

「確かに。不老不死の魔法の中には、死んだ後に甦《よみがえ》るタイプもあるからね」

「げぇ。古代魔法なんてやっぱり人智を超えてるな。でもそれじゃあ、北の血統なんてどうやって探せば……」

「いや、もう一人いる」

ディルクの声に、先を歩いていた二人が振り返った。

「セルス・ベイルが北の大地ファン＝ブルクハウゼンの血筋だ」

長期休み中何度も図書館で顔を合わせたセルスだったが、今日に限っていなかった。仕方なく再び神殿の場所に向かうが、その途中で意外な人物に会う事となった。

「バルトルト先輩？　こんな所で何をして……」

第三王子アルフォンスの護衛騎士見習いであるバルトルトが、葉っぱをあちこちに付けた薄汚れた状態でディルクを見て駆け寄って来た。

「ディルク！　大変なんだ、アルフォンス様が……ミヒルもセルスも消えたんだ！」

「消えた？」

「バルトルト・エイケン、落ち着くんだ。それはどこで、いつだい？」

問われて、マルセルとフリッツの存在にようやく気付いたのかバルトルトは背筋を伸ばし返事をした。

「この辺りで……一刻《こく》程前です」

間違いなく、あの神殿に四賢人の血統の三人だけが迷い込んだのだろう。互いに目を合わせ頷くディルク達に、バルトルトは不安げではあるが少し落ち着きを取り戻してきた様だった。

「心当たりがあります。僕らはちょうどそこに行く所だったので、殿下たちも一緒に連れ帰ってきますね」

「俺も一緒に……」

「残念ながらそれは無理だろうね。でもまぁ、近くまで行こうか」

突然目の前で三人が消えた事もあり、何かしらの超常現象である事は薄々勘づいていたバルトルトは素直に従ってくれた。この素直さが、昔からの彼の良い所だとディルクは思った。そのバルトルトが、道すがらどうしてこんな事になったのかを語った。

「お前と長期休み中なのに図書館でよく会うと、セルスが言った事でアルフォンス様とミヒルも学園に来たがったんだ」

昨日の事だと言う。そうしたら、図書館では会わず、ディルクと護衛騎士と、それからなぜかディルクの兄であるマルセルが学園の裏の森に入っていくのが窓から見えたらしい。それであそこには何かあるのでは、とアルフォンスが言い出し、日を改めた今日四人で森に入ったそうだ。

「何でまた……」

あやしい行動をしている自覚はあったが、そんなわざわざ後を追う様な事をしなくても、とディルクが首を傾《かし》げる様子を見て、バルトルトは眉を下げて謝った。

「アルフォンス様はお前を気に掛けているから、お前が急に変わった原因が知りたかったんだと思う」

「え？」

アルフォンスが自分を？　あんなに冷たく拒絶され続けたのに？

ますます意味が分からないという顔をするディルクにバルトルトが苦笑する。

「幼少期に体が弱くて、家族と離れて療養なさっていたアルフォンス様にとって、ディルクは唯一の家族で、元気なお前は憧《あこが》れだったんだよ」

確かに、療養でカウペルスの領地に来ていたアルフォンスと、兄に甘える事も出来なかったディルクは従兄弟《いとこ》であるアルフォンスを『アル兄様』と呼んでいたくらい仲良くしていた。

「ミヒルを見ていると本当に分かるよ。あいつ、小さい頃のお前によく似ているだろ。元気で明るくて」

「……僕はあんなに粗野《そや》ではありません」

「ハハハ、そうだな」

まさかアルフォンスがディルクをそこまで想っていたとは予想だにせず、ディルクの胸に複雑な思いが生まれる。ディルクへの冷たい仕打ちの数々は、可愛さ余ってと言われれば、その原因を作ったのは自分の性格の捻《ひね》くれだから安易には責められない。

「その……出来たらで良いんだが、後期からはアルフォンス様ともたまには話してやってくれないか？」

「…………機会が、ありましたら」

そう答える事しか出来なかったが、バルトルトは嬉しそうに顔を輝かせた。その前でマルセルはこっそり笑い、フリッツは不機嫌そうに黙り込んでいた。

「しかし、迷い込んでも普通に出られる場所のはずだから、戻らないというのは引っかかるね」

「ディルク様は一人では自力で帰られなかったぞ」

「あれは足をケガしていたからだ！」

崖《がけ》になっている下と言っても、せいぜい2メートル程度だから上等学生くらいであれば出ようと思えば出られるはずだ。ディルクの当時の体重では無理だったが、足のケガのせいにして反論した。

「出られない何かがあるのかもしれないね。僕らは事情を知っていて調査に訪れていたが、知らない者が行って何か起こらないといいが」

「マルセル、不吉な事を言うな。ディルク様の様に思慮《しりょ》の足りない行動をする子達じゃないだろう」

「フリッツ、お前さっきから僕にケンカを売っているのか？」

果たしてマルセルの不吉な予言は、当たってしまった。

「じゃあバルトルト先輩、ここで待っていてください」

バルトルトを残し、もはや慣れた仕草で急な坂を滑《すべ》り落ちる。

「えっ、ディルク様⁉」

最初に気付いたのはミヒルだった。ミヒルの声にアルフォンスも顔を上げ驚いた顔をしている。そしてセルスはと言うと、その場に苦し気《げ》に胸を押さえてしゃがみ込んでいる。

「ああ、まずい。その子にも呪いが向かっている様だ。ディルク、この子が北の子か？」

「はい、兄様」

いつも冷静で勝気なセルスが怯《おび》えた表情をしている。

「邪神に意思があるのなら、自身を封じた四賢人を恨んでいて、中でも魔法使いの力を一番恐れていても不思議じゃない。君たち、ここに来て何かに触ったり壊したりしていない？」

「あ……」

ミヒルが青い顔でアルフォンスの方に目をやる。

「殿下？」

マルセルに促《うなが》され、アルフォンスは素直に石碑を動かした事を告白した。

「石碑を？　動いたんですか？」

ディルク達が持ち上げようとしてもびくともしなかったはずだ。

「封印が弱まっているせいかもしれない」

フリッツが言うのと同時に、石碑がカタカタと震え出す。皆が身構えながらも注視する中で、石碑は倒れ、その下から黒い靄《もや》の様な物がゆっくりと湧き上がってきた。

「わぁっ！」

靄が出た事に焦《あせ》ったミヒルが下がった拍子に、足元でパキリと嫌な音がした。

「ああっ！」

祠だ。

「どこのだそれ！」

「西！　西の祠だ！」

慌てる三人に、アルフォンスとミヒルは付いて行けないが、封印の祠の二つ目が壊れた事により、それまでゆっくり湧き上がっていた靄が勢いよく噴き出した。祠による制御《せいぎょ》が更に弱まったのだろう。

（さっき兄様は何て言っていた？）

焦りながらもディルクの中でマルセルの言葉が思い起こされる。

邪神に意思があるのなら。恨み。魔法使いの血筋であるセルスの次に狙われるのは誰だろう。ミヒルとフリッツは傍系《ぼうけい》の家系だし、ディルクもマルセルもそうだ。となると、

（一番、血が濃いのは……）

黒い靄がアルフォンスに向かって噴き出される。

「アル兄様‼」

咄嗟《とっさ》に走り出したディルクの目には、驚いた顔のアルフォンスが、耳にはフリッツの自分を呼ぶ声が。そして二の腕に熱さを感じた。

「い……くぅ……」

腕からは痛みよりも熱さが、痛みはどちらかと言うと頭にガンガン響いた。ポタポタと、自分の腕から血がしたたり落ちるのが分かった。それでもディルクは歯を食いしばって耐え、自分の下敷きになっているアルフォンスを見た。

「ディルクお前……どうして私を……」

「お怪我が無いようで……何よりです、殿下……」

アルフォンスがなぜか泣く寸前の子供の様な顔でディルクを見上げている。泣きたいのは腕に傷を負ったディルクの方だが、そうもいかなかった。

「マルセル！　ディルク様達を早くここから連れ出せ！」

ディルク達の前にフリッツが立ちはだかり、剣を構えて怒鳴るがマルセルはミヒルが壊した祠を拾い上げている途中だった。一方の靄は先ほどの速い動きの後は再び霞《かすみ》のように広がった。

「待って、まだ封印が二つ壊れただけだから、邪神の動きも鈍《にぶ》いんだ！　これをとりあえず、ディルク！」

そう言って屋根部分が欠けた祠をディルクの腕に近付け、傷口から血を付ける。

「何をやって……」

「いいんです、殿下」

その様子にアルフォンスが抗議しようとしたが、ディルクには祠の機能を回復させようとしている事は分かったので、血の付いた手で祠に触れた。

ここで逃げて、あの黒い靄が追って来てしまっては大変な事になる。四賢人の血統の血で封印が出来るのならば、揃っている今し直すしか無いのではないか。

ディルクとマルセルの意図が分かったフリッツも、歯を食いしばって他の者を守る様に身構えた。その時
「ああ、賢い子達だ」

聞き覚えのあるしゃがれ声が、辺りに響いた。

「フレイダッハ……」

呟くマルセルに、セルスが青い顔を上げた。

フレイダッハが静かに微笑み、セルスの冷や汗で濡れた額《ひたい》に手を添えると、セルスの顔色はどんどん良くなり、震えも止まった。マルセルが目を輝かせながら、鞄を漁《あさ》ってノートを探している。

「あなたは……」

「ふふ、私の子孫か。まさか会えるとは思わなかったよ。さて……」

フレイダッハは黒い靄の方に向き直ると、いつから持っていたのか、杖《つえ》をそちらに向け何事か唱《とな》え始めた。ノートを見つけたマルセルがすごい勢いでメモをしているから、恐らく古語なのだろう。

すると黒い靄はだんだんと小さくなり、石の下へと引きずり込まれる様に消えて行った。石

を元の位置に戻し、ディルク達が直した祠を見て小さく笑った後に、再び何事かを唱えた。

「さあ、これで再封印は完了だ」

しゃがれ声がそんな事を言う。

「そこの呪いに中《あ》てられた私の子は、一晩もすれば元に戻るだろう」

「あ、貴方《あなた》がフレイダッハ様ですか⁉　あの偉大な大魔法使い、ご本人ですか⁉」

周囲が呆然とする中で、マルセルが元気よく突撃取材を開始する声が聞こえるが、ディルクだってその魔法使いに言ってやりたい事も聞きたい事も山ほどある。それなのに、痛みと安堵でか、ものすごく眠くなってきた。

「ディルク様、大丈夫です⁉」

フリッツは危険が無いと知るや否やすぐにディルクに駆け寄り、自身の服の袖《そで》を破り、腕を縛《しば》って止血《しけつ》してくれた。

「ふ……フレイダッハ……」

急激な眠気に抗《あらが》いながら名前を呼ぶと、フレイダッハがこちらを向いたのが感じ取れた。

（くそ、眠い。でもここで聞いておかないと……）

「僕にかけた魔法……なん……いっ……と、け……」

最後の方はもう言葉になっていなかったが、フレイダッハには伝わったのだろう。薄れゆく意識の中で、しゃがれ声だけが聞こえた。

「君はもう愛されているから解けているよ」

11

目が覚めると、見覚えのある天井だった。

(喉渇《かわ》いた……)

ぼんやりと、そう思って起き上がろうとしたら、ベッドに手をついた瞬間二の腕に痛みが走り、神殿の場での事を思い出す。

「夢じゃないのか」

腕に巻かれた白い包帯を見て、再確認した。

フレイダッハが現れ、邪神《じゃしん》の封印は為《な》された。呪いも解けて、更に魔法ももう解けていると言っていた。はずだ。ちょっと最後辺りの記憶が曖昧《あいまい》で自信が無いながらも、ディルクはこぶしを握った。

(呪いが解けた！　やっと！　ついに……！)

ひとまず水を持って来てもらおうと枕もとのベルを鳴らすと、メイドよりも早く護衛騎士が飛び込んできた。

「え、フリッツ⁉」

時刻はあの出来事があってから一晩経《た》っての朝だったらしい。連絡を受けた見舞客が次々にディルクの元に訪れ、それからは大忙しだった。

まずは侍女長とシェフが栄養満点の食事を届けてくれ、口々にディルクの怪我を心配してくれた。それから何かと世話を焼いてくれるメイド達も。

次に来たのはアルフォンスだった。バルトルトも一緒だ。

「………大事《だいじ》無いか?」

「はい……」

そこで会話が止まると、バルトルトが焦《じ》れた様にアルフォンスの名前を呼んだ。

「分かっている! あ〜、ディルク……その……すまなかった」

「え?」

声が小さく聞こえなかったので聞き返したら、一瞬睨《にら》まれ、ハッとした様にまた表情を変えられ意味が分からない。

「お前と学園で久しぶりに会えた時……お前が変わっていると思って、話も聞かずに一方的に冷たくして……悪かった」

バルトルトが言った事を信じていなかった訳ではないが、アルフォンスの口から言われてディルクは驚いた。アルフォンスが失望しても仕方ない行いをしていた自覚もあるし、アルフォンスが王族として一人の生徒を冷遇すればどうなるか考えていなかった事も確かだ。まだ根深く、すぐに昔の様にとはいかないが、ディルクはとりあえずその謝罪だけは受け取った。後でメイド達から見舞いの品を沢山《たくさん》いただいたと聞いた。その中に、昔ディルクが大好きだったお菓子もあった。新学期が始まれば、もう少し話す事も出来るかもしれない。

入れ替わる様にセルスが来た。彼も一応一日安静にしていたらしいが、その後診察を受け外出を許可されたそうだ。

「色々と訊きたい事はありますが……」

あの魔法使いの子孫だと言われ、呪いを受けたセルスだったが、怪我人のディルクに無理を言う気は無いらしかった。

「また図書館で」

それだけ言って帰って行った。

昼過ぎになって、南部の名産品だと言うお土産《みやげ》を腕いっぱいに携《たずさ》えミヒルが来た。

「本当にすごくいっぱい血が出て、心配しましたよ～！」

真正面から言われ、ディルクは照れはするものの慣れてきた。

「でもディルク様なら、そうするだろうなって思いました。ディルク様、僕らが最初に会った時の事を覚えていますか？」

「最初？」

一年の時は同じクラスではなかったから、アルフォンスが連れているのを見た時かと言ったら、ミヒルは首を振った。

「上等部の入学式の前の日、寮に入る日だったんですけど、僕敷地内で迷子になってたんですよ」

王立学園の学生寮ともなれば大きな建物だからと、木に登って上から見れば見つけられる！と手頃な木を見つけて登った時に、足を滑《すべ》らせて落ちたのだと言う。

覚えがある。ディルクは初等部卒業時に学年で一番成績が良かったため、入学式の挨拶《あいさつ》を頼まれていた。だから前日に予行演習のために登校していて、その帰り道で宙《ちゅう》から人が降ってきた記憶が呼び起こされた。

「あれお前か！」

当時ふくよかボディだったディルクは、体《てい》よくクッションとされ降ってきた人物は無事だったしディルクも無傷だった。

「てっきり初等部の学生だと思っていた」

「えへへ、それでその時に僕は田舎から出て来たばかりで、安物の服だったんですけど何も言われなくて、怒られもしなくて。それなのに後日アルフォンス様といる時から『田舎貧乏子《し》爵《しゃく》家』とか言われ出したんで、ああこの人根は優しい人なんだなって思ってました」

これでミヒルがあれだけ邪険《じゃけん》にしてもディルクに懐《なつ》いていた謎が解けた。それでも一応、言っておかねばならない言葉がある。最近色んな人に謝られたが、ディルクだって加害者なのだ。

「今まで悪かった。後妻《ごさい》の子という事を蔑《さげす》む発言をしていたけどあれは……僕の事なんだ」

ディルクは最近まで自分が後妻の子だから家族から愛されていないと思っていた事、それなのに同じ後妻の子のミヒルが周囲に可愛がられていて羨《うらや》ましかった事を正直に告白した。ミヒルはそれをただうんうんと聞いてくれていた。

「ディルク様は優しくて賢くて、頼りになるかっこいい人ですもん。誰だって好きになっちゃいますよ！」

（それはお前だよ）

考えてみれば、ミヒルだけが最初から一貫《いっかん》してディルクに対して優しかった。

「…………ありがとう」

再度感謝の意を伝えると、ミヒルはまた愛嬌《あいきょう》のある笑顔を見せてくれた。

「……ふぅ」

ようやく見舞客が途切《とぎ》れた時には、夕暮れになっていた。少し疲れてディルクは横になった。傷は結構深く、何針か縫《ぬ》ったらしいが幸いディルクは両手共にそこそこ器用に使えるので日常生活に支障はないと思う。それでもしばらくは安静にする様にと言われた。

めまぐるしい日々が終わり、新学期まであと少しとなった。

兄達とも和解出来たし、母の手紙も読んだ。

呪いと魔法も解けたし、痩《や》せて肌荒れも無くなった。

あとは
「ディルク様」

ノックと共に、耳に馴染んだ低い声が聞こえたので返事をした。

静かにドアを開け閉めしたフリッツが、枕元に来る。

「傷は痛みますか？」

「昼に痛み止めを飲んだから、別に」

座れば？　と傍《そば》の椅子を指さすと、大人しく座る。いつもの軽口が無い。

「…………どうして、あんな事をしたんですか？」

「あんな事？」

低い声に問われ、どの事だと首を傾《かし》げると、ヘーゼル色の目が強い力でディルクを捉《とら》えた。

フリッツは怒っていた。

「王子を庇《かば》った事です」

「あ、あぁ……あれはほら、マルセル兄様が、僕が西の聖者の血統だから呪いに耐性があるって言っていたし、僕はもう既に呪われていたから、アル兄様よりは大丈夫かなって……」

ディルクはディルクなりにそう考え、あの時はあれが最適の行動だと思ったのでそう答えたが、フリッツの顔を見て途中で言葉が止まった。

「ディルク様、貴方《あなた》は守られる立場の人なんです。もう二度としないでください」

それを言うなら、あの場にいたのは全て貴族の子息だ。ディルクだけではない。

「それにアル兄様は王族だから、僕よりも……」

「俺はディルク様を守るのが仕事なんですよ？」

そう言われてしまっては反論できずにディルクは黙り込む。護衛対象に勝手な動きをされては騎士としても動きにくい事は分かっている。ディルクも公爵家の一員として、守られる側の心得《こころえ》は知っている。

「ごめん……」

素直に謝ると、フリッツはいったん眉間《みけん》に皺《しわ》をよせ、下を向いて溜息を吐いた。そんなに怒らせてしまったかとディルクは慌てた。

「ほ、本当にごめんフリッ、ツ……っ？」

重ねて謝ろうとしたディルクは、いつの間にかフリッツの腕の中にいた。腕の傷に触らない様にそっと抱きしめられて、フリッツの顔が見えなくなった。

「違います、すみません」

ディルクの耳にフリッツの低い声が吹き込まれる。

「どんな状況であろうとも、守れなかったのは俺の責任です」

「そんな事は……」

ない、と言おうとしたがフリッツがそれを遮《さえぎ》る様にディルクの怪我をしていない方の肩に置いた手に力を込めた。

「護衛騎士として、あってはならない失態《しったい》です。なのに俺は……あの後、自責《じせき》よりも嫉妬が上回ってしまいました」

「え」

見上げると、翠《みどり》と黄色が混ざった目がディルクを見ている。真剣な目だ。ディルクの心臓の鼓動がどんどん速くなっていく。

「ずっと誰かに愛されたくて、一生懸命だった貴方がみんなから好かれているのは喜ばしいはずなのに、大人げなくも……独り占めしていたかったと思ってしまう」

フリッツが言う通り、ずっと誰かに愛されたかった。でも諦めていた。殻《から》に閉じこもり、更に人から嫌われる行いをしてきた自分の手を取り、連れ出してくれたのはフリッツだった。

最初は腹が立つ所が多かったし、鍛錬《たんれん》も馬鹿みたいにきつかったが、ディルクがどんなに出来なくても笑ったり諦めたりしなかった。何度ディルクがくじけそうになっても、支えてくれた。そんなフリッツが、ディルクを独占したかったと言っている。

「フリッツは……僕の事が好きなのか？　だから口づけをしたのか？」

子供の様な質問をしてしまっていると自覚はあったが、ディルクには分からない。フリッツのいつだってディルクを支えて励《はげ》ましてくれた温かい手が、そっとディルクの頬に添えられた。じんわりと頬にフリッツの熱が伝わってくる。

「好きですよ、ディルク様。主人だし、友人の弟だし未成年だしと歯止めを効かせようと思ってたんですが、無理でした。ね……俺のものになりませんか？」

そう言ったフリッツの顔が、今までに見た事がない位大人の男の色気を出していて、ディルクは何も答えられなくなった。

（だめだ！　フリッツがかっこよすぎる……！　フリッツのくせに！）

「…………」

「…………」

内心ときめきが止まらなかったが返事が出来ないでいると、フリッツの顔がじわじわと赤くなっていった。ついには、真っ赤になり顔を背《そむ》けた。

「え？」

「〜〜〜早く答えてくれませんかね！」

ディルクから見える耳まで真っ赤になったフリッツが、どうしようもなく可愛く見えてきた。

カッコよくて大人なフリッツが、こんなに顔を真っ赤にするほどまでに自分の事が好きだと思うと、先ほどとは違ったときめきがディルクの胸を刺激した。

「くそ……告白だけはカッコ良く行きたかったのに……」

独り言《ご》ちるフリッツの頬に手をやり、こちらを向かせると一瞬抵抗したがディルクが怪我人である事を思い出したのか力を緩《ゆる》めたので遠慮なく顔を覗き込む。まだ赤く、どこか不貞腐《ふてくさ》れた可愛い顔のフリッツをまじまじと見る。

（かわいい。こんなにかわいい人が、僕の事を好きになってくれたんだ）

「もう、悪趣味ですよディルク様……ン⁉」

ちゅ、と首を伸ばしてその唇にそっと触れたらびっくりしていた。当然か。ディルクも自分で自分の行動に驚いている。それでもふわふわと幸せな気持ちの方が大きい。

「僕も、フリッツが僕だけのものになれば良いのになって思ってた」

ディルクの発言にフリッツは一瞬目を丸くし、苦笑した。

「何なんですか、ディルク様の方がかっこいいじゃないですか。こういう時は年上に花を持たせてくださいよ」

「フリッツはいつだってかっこいいよ。色んな事を知ってるし」

そう言うと、再びフリッツの顔が近付いてきた。ディルクも目を閉じてそれを受け入れる。

「ん……」

トロンとした目になったディルクに、先ほど告白で上手《うわて》を取られたフリッツは悪戯心《いたずらごころ》が湧いて来て余計な一言を言った。

「あ、ディルク様。口づけの時は、息を止めるんじゃなくて鼻で息するんですよ」

「！」

かあっと赤くなったディルクの可愛い顔を堪能《たんのう》するフリッツに、ディルクの中にまだいた天邪鬼《あまのじゃく》が顔を出した。

「ううううるさい！　もうお前と口づけなんかしな……アッ⁉」

言い終わる前に自分の下半身の反応にディルクは止まる。

「魔法はもう解けてるって……言ったじゃないか、あのクソ魔法使い！」

歯ぎしりをするディルクに、フリッツは思わず吹き出した。それを笑われたと思ったディルクが文句を言おうと視線を上げると、思わぬ表情のフリッツと目が合った。その顔は『愛《いと》おしい』と表現するに相応《ふさわ》しい表情で、その表情のままフリッツはディルクに顔を近付けてきた。

「好きな人に触れられるとね、そうなるのは当然なんですよ」

再び口づけられ、まだ文句を言いたい気持ちもあったがディルクは反射的に目を閉じる。するりとフリッツの指が頬から耳に滑り、形を確かめる様に触る。くすぐったさに身じろぐと、開いた唇に濡れた物が触れた。

「ディルク様、もう少し口を開けて……」

言われるがままに開けた口に、フリッツの舌が潜《もぐ》り込んできた。

「んぅ……ぅ……」

上顎《うわあご》を舐《な》められ、ぞくぞくとした感触が上がってくる。

（あ……この感覚……）

あの魔法使いにかけられたふざけた魔法が発動した時の様な感覚。

舌を舌で撫でられ、耳に直接口内の濡れた音が響いて、もぞもぞと内股《うちもも》を擦《こす》り合わせる。フリッツの手がそこに伸びた。

「魔法の力なんか無くても、俺がイかせてあげますからね」

天邪鬼で幼い主人と年上で大雑把《おおざっぱ》な護衛の恋は、まだまだ始まったばかりだった。

愛され悪役令息はもっと愛されたい

Aisare akuyakureisokuwa motto aisaretai

コンコン、というノックの音で目を覚ます。

起き上がると同時に、メイドが声を掛けお湯を持って部屋に入ってきた。朝の挨拶《あいさつ》をして、洗顔を行う。オリーブ油と花で作られた石鹸《せっけん》をメイドが泡立てた泡だけで柔らかく洗うのがコツだ。肌荒れしやすいディルクのためにメイド達が教えてくれた洗顔法である。

「あとは自分でするから」

そう言って、メイドの手からタオルと香油を受け取った。

「ですが腕のお怪我が……」

「無理しなきゃもう大丈夫」

メイドが下がり、肌のお手入れをしてから制服に着替え部屋を出ると、フリッツが待機していた。

「おはようございます、ディルク様」

「おはよう、フリッツ」

制服姿のディルクを見て、フリッツの眉が心配そうに寄る。今日から後期の学園が始まるのだ。

「本当に学校に行って大丈夫なんです？」

「重い物を持ったりとかしなきゃ大丈夫だって」

さっきメイドに言ったのと同じ答えを、ディルクは苦笑気味に繰り返した。

ディルクがアルフォンスを庇《かば》って負《お》った傷は血こそ多く出たが、神経などは傷付いておらず、動かしたり体重を掛けたりしなければ痛みを感じなくなってきている。既に怪我をしてから一週間以上経《た》っているから痛み止めも必要なくなっているのに、フリッツもメイドたちも心配しすぎなのだ。

「そろそろ鍛錬《たんれん》も再開させようって思っている位だから、普通に生活する分には問題無いよ」

「ちゃんと気を付けてくださいよ」

「分かってるって」

全く、ずいぶん過保護になったものだと思う。

護衛に就《つ》いたばかりの頃は、冷めた目でディルクを見て、ディルクの事を心配する様子など見た事がなかったのに。

(まぁ恋人になったのだから当然と言えば当然だけど)

そこまで考えた所で、ディルクは頬がカァ～っと熱を持つのを感じた。

そう、ディルクは先日フリッツと正式に恋人同士になったのである。

それ以前にすでに口づけやそれ以上の行為もしていた訳だが、恋人になってからとなると更なる重要性を持つ。実際、想いを伝え合って、かなり良い雰囲気になり、その先の行為に……となった。が。

(夕食前にとメイドが体を拭《ふ》きに来て、うやむやになったんだよな)

その時の事を思い出す度《たび》、恥ずかしさで顔から火が出そうになる。

しかし本当の問題は、それ以降である。

ディルクが怪我をしてから一週間以上。そう、フリッツと恋人同士になり、いいところで邪魔が入って中断してから、一週間以上。

(なんで、何もないんだ⁉)

あれから一度も、フリッツからの手出しがないのだ。

いや、全くないと言ったら語弊《ごへい》がある。たまに手が触れたり、寝る前などに額《ひたい》に口づけをされたりとかはある。その度《たび》にぽわぽわとした気分になり、その先を期待するディルクだったが、毎回肩透かしを食らっているのだ。

(何でだ？　好き同士なら、色々その……やる事があるんじゃないのか⁉)

一瞬自分には欲情しないのではないかと思ったが、恋人になる前にあった口づけも触れる行為もフリッツからだったのだから、それはないと思い直す。

(じゃあ何で？　僕が何か失敗して、嫌われた？)

チラ、と後ろを歩くフリッツに目をやると、気が付いて微笑《ほほえ》まれて慌てて前を向き直した。

(馬鹿じゃないのか⁉　あんな顔で笑ったら周囲にすぐ気付かれるだろう！)

今までのフリッツでは考えられない優しい笑みで、その顔を見るだけでディルクを愛《いと》しく思っていると分かる笑みだった。顔に集まる熱をどうにか発散させながら、ダイニングに入ると次兄《じけい》のマルセルが既に食事中だった。

「おお、おはようディルク、フリッツ！」

「おはようございます、マルセル兄様」

「おはよ」

　フリッツとマルセルは学生時代からの知己《ちき》なので、雇い主家族とは言え気軽に挨拶をして、同じ卓に着いた。

「ああ、そうか今日から学校か」

　ディルクの制服姿に、マルセルも気付いた様だ。ちなみに長期休みに入る頃と比べて、体格が著《いちじる》しく変わった為に制服も新調している。

「まだ怪我をしてからさほど経っておりませんのに、大丈夫なのですか？」

　ディルクの前へ焼きたてのオムレツを置きながら、シェフが心配そうに声を掛けてきた。何度目だろうとディルクは苦笑した。そもそも新学期が始まれば普通に登校すると言った時からずっとだから、もはや数えきれないほどの回数になる。本当に、いつの間にこんなにディルクを心配する人が増えたのだろうと、半分呆れながらもこそばゆい気分だ。

「だーいじょうぶ、急に動かさなきゃもう痛まないよ。ほら、普通にフォークも持てる」

　右手でフォークを器用に使って見せると、シェフもメイドも少しホッとした顔をした。

「まだ重い物を持ったり、傷口に当たると痛いでしょう？　ディルク様はおっちょこちょいですから、気を付けてくださいよ」

「だ……」

誰がおっちょこちょいだ！　と言おうとフリッツの顔を見たら、思いのほか真剣な顔で、心からディルクを心配していると分かったので口を噤《つぐ》んだ。

「う、うん」

恥ずかしくなって俯《うつむ》くディルクに、マルセルが首を傾《かし》げながら「早く食べないと冷めるぞ」と言った。


「それじゃあ、俺はここまでですから、くれぐれも！　気を付けてくださいね」

「分かったって」

王立学園の送迎馬車降り場で何度目かの釘《くぎ》を刺《さ》されながら、馬車を降りたディルクは校舎に向かおうとし、そっと後ろを振り返った。以前だったらさっさと馬車に乗り込み屋敷に戻っていたフリッツが馬車の横に立ったままディルクを見送っていた。目が合って、小さく微笑まれ口パクで「いってらっしゃい」と言われたのが分かり、ぼわっと顔に熱が集まった。

恥ずかしくてバッと前を向いたが、すぐに思い直し、再びそっと後ろを向いて、小さく手を振った。途端に破顔《はがん》するフリッツに、今度こそ前を向いて校舎に向かって歩き出す。

ついつい恥ずかしくてそっぽを向いたりしてしまうが、フレイダッハの呪い……魔法を受けて『素直になる』事を心掛けていた期間のおかげで、ディルクは少しずつ素直な言動を出来る様になっていた。それでも恥ずかしいものは恥ずかしいのだが。

（あんなかっこ良くてカワイイ顔で笑われたら、誰だって赤くなってしまって仕方ないと思う！）

けっして自分がフリッツを好きすぎるせいではない、と自分に言い聞かせながら、長期休み中も通っていて久しぶりでも何でもない慣れた道のりを歩く。

ただそう思っているのはディルクだけで、長期休み明けでまだ浮足立っている他の生徒達は、見た事がない美少年が頬を赤く染めながら歩く様にざわついていた。

「あれ誰だ？」

「上等部の制服、だよな？」

「知らない、あんな子いたか？」

「制服が真新しいから、編入生じゃないのか？」

「編入生が来るなんて情報、聞いてないけど……」

佇《たたず》まいといい、明らかに育ちの良い雰囲気を醸《かも》し出しているディルクに話しかける勇気がある者はおらず、視線だけを集めたままディルクは自身のクラスの教室に入る。そこで編入生ではない？　と見守っていた（付いてくる者もいた）者達は顔を見合わせ、ディルクが窓際の席に着いたところで、クラスの者達が慌てた。

何せその席の真の主《ぬし》は、偏屈傲慢《へんくつごうまん》激情家で定評のあるディルク・カウペルス公爵令息《れいそく》だ。ここにディルクが現れたら、あの儚《はかな》げな美少年なぞ涙ぐんでもおかしくない罵詈雑言《ばりぞうごん》で罵《ののし》られてしまう！　そう思ったクラスでもリーダー格の勇気あるクラスメイトが、ぐっと奥歯を噛み締め、前に進み出た。

「君……」

声を絞《しぼ》り出すと、席に着いていた少年が見上げてくる。近くで見るとますます綺麗な少年だった。印象的な翡翠色《ひすいいろ》の目はアーモンド形に少し吊り上がり、意志の強さが感じられた。

（……ん？　翡翠色？）

そこではたと、その色は特別ではなかったか？　という疑問が脳裏《のうり》を過《よぎ》った。その時、

「あ～ディルク様もう来てる！　おはようございます～！」

元気な声が教室に響くと同時に、淡い水色のふわふわ髪の少年が彼との間に滑《すべ》り込んできた。

「え……」

「ミヒル・ファンデルロフ……お前はもう少し落ち着いた方がいいんじゃないのか？」

黒髪翡翠瞳の少年の口から、呆れた色を伴《ともな》った、聞き覚えのある声が漏れた。

ディルクに話しかけようとしていた男子生徒と、それを見守っていた他の生徒達の口から、同じ音が勢いよく放たれた。

「え〜〜〜〜〜⁉」

校舎中に響くのではないかという驚愕《きょうがく》の声で耳がどうにかなりそうになったディルクだったが、その後ミヒルに怒られたクラスメイト達から謝られた。ミヒルだってパーティで会った時は負けず劣らずの驚きようだったと思うのだが、まぁいい。実際ディルクに色々聞きたそうに視線を寄越す周囲から庇う様にミヒルがひっきりなしに関係のない話をしてくれたので、助かった。

(やっぱり新学期になって急に大人しくなっていたら驚かれるか)

実際はその見目麗《みめうるわ》しさに目を奪われている者が多いのだが、相変わらずディルクは自身の容姿に対しては『及第点《きゅうだいてん》』という評価なので、以前の傲慢な振る舞いからの変わり様に驚かれていると思っている。今さらながら、以前の自分の振る舞いを思い出すと恥ずかしくなってきてしまう。

(いや、全ては自分が招いた事だ)

落ち込みそうになったところ、何とか踏みとどまる。今のディルクには、ディルクを弟として想ってくれるカレルとマルセルという兄が、そしてフリッツという恋人がいる。過去は変えられないが、反省をし、償《つぐな》っていく事は出来るはずだ。

(そう言えば課題の件)

さっき一番に話しかけてくれたクラスメイトを思い出し、ディルクは課題の事を話さなければと思い至る。彼はディルクと同じチームのリーダーだった。

課題は『学園の歴史を探る』というテーマでのレポートの作成と提出であるが、ディルクが夏季休暇中に調べたのは自身に掛けられた呪い……魔法の解き方から派生した『王国と学園の創立』と、この学園内に『人の負の感情を増幅させる邪神《じゃしん》』が封じられているというとんでもない事実だ。これは、歴史学者であるマルセルも、王族であるアルフォンスも知らなかった事であり、果たして授業のレポートとして提出していいものなのか。

学園の創立が王国の創立と同時であった事実を誰も知らなかった事からしても、良くない気がする。

（つまり王家が隠していた事項なんだから……国家機密、なのでは？）

色々あって怪我もしていたので後回しにしていたが、もしかしなくてもとんでもない真実を知ってしまったのかもしれない。

「ディルク様！」

担任が驚きのあまり息を飲んだ点呼《てんこ》の後思考にふけってしまっていたディルクを、聞きなれた元気な声が現実に戻した。ミヒルだ。

「大丈夫ですか？　さっきから何度も呼んだんですけど、まだどこか調子が悪いです？」

「あ……すまない、大丈夫だ。何だ？」

心配気に顔をのぞきこまれ、素直に謝罪をする。

「それならいいんですけど……あのぉ」

そう言ってミヒルにしては珍しく少し気まずそうに、視線を廊下の方に向ける。その視線を追うと、廊下からこれまた見覚えのあるダークブラウンの髪をした細身で生意気そうな顔をした生徒の紫色の瞳と目が合った。

「セルス・ベイル？」

ぺこり、と申し訳程度に礼をしたセルスが上級生の教室であるという気後《きおく》れは一切感じさせない足取りでディルクの元へとやって来た。

「アルフォンス殿下がお呼びです」

呼び出された先は上等部の生徒会室だ。ディルクは入学当初からアルフォンスに避けられていたので、生徒会室に入るのは実は初めてである。アルフォンスは初等部から生徒会に入っていたので、上等部に上がってすぐに生徒会入りをし、去年から会長を務めている。護衛騎士見習いのバルトルトも従者見習いのセルス、そしてミヒルも生徒会のメンバーであるため、付いて来た。

「失礼します」

セルスが先導して開けた扉の先には、応接用なのか役員が寛《くつろ》ぐためなのか作業机とは別に設置されているソファに座ったアルフォンスがいた。

「ああ、入れ」

初めて入る生徒会室に少し緊張しながらも、ディルクは気後れして見えない様に歩みを進め、アルフォンスの正面に座る。アルフォンスと会うのは、ディルクがアルフォンスを庇って怪我をした翌日に見舞いを受けて以来だ。

「……腕はもういいのか」

「動かさなければ特に痛みもありません」

ちらりと向けられた右腕への視線に、まだ気にしているんだなと思ったら普通に答えられた。アルフォンスの方も一瞬ホッとした様子を見せたが「そうか」と言ってまたむっつりとした顔に戻った。

「今回呼び出したのは他でもない、お前が暴《あば》いた神殿の件について王室から通達《つうたつ》がある」

怪我の様子を確認するだけならば人伝《ひとづて》でも出来ただろうから、他に何か用事があると思ったのだが、やはりこの話か。

ディルク自身も危惧《きぐ》していた事であるし、迷い込んで祠《ほこら》を壊して封印を弱めたのはディルクだ。祠を作り直し、フレイダッハが封印をし直してくれたが、国の大事な、それこそ建国に関わる封印を汚した責任は取らなければいけないと思っていた。

「はい……」

ディルクが深刻に頷くと、いつの間にかお茶を用意してきたミヒルの十七にしては高い声が割り込んできた。

「も～アルフォンス様！　そんな怖い顔でディルク様を脅さないでください！　大体祠を壊したのは僕もだし、封印の石碑《せきひ》を動かしたのはアルフォンス様じゃないですか」

（こいつ、殿下になんて口を……）

ディルクは慌てたが、ミヒルに叱咤《しった》され、アルフォンスは気まずげな顔をして黙るだけだった。ディルクの知らない信頼関係がそこには見え、少しだけ胸が痛む。ディルクが捻《ひね》くれることなく入学していたら、その場にいたのは自分だったのかもしれない。

だが済んだ事を言っても過去には戻れない。何よりも、今までの全てを否定するという事はフリッツとの事を否定する事に繋がりそうで、それはしたくなかった。寂しかったからだけでは、自《みずか》らの所業《しょぎょう》は許されるものじゃないのだ。ディルクは王家の血筋の証《あかし》である翡翠色の瞳に力を込め、同じ色のアルフォンスを真正面から見据えた。

「いえ、そもそもの原因は僕ですから、処分も受け入れる所存です」

ディルクの決意に、アルフォンスもミヒルも息を飲んだが、それを後ろで見ていたバルトルトが苦笑しながら歩み寄ってきた。

「あ～すまんディルク。そういう話じゃないんだ」

「え？」

意味が分からずきょとんとするディルクに、ずっと黙っていたセルスも続けた。

「王国創立と邪神を封印する神殿の存在について、王室から箝口令《かんこうれい》が出ました」

セルスの言葉を受けて、アルフォンスに目をやると気を取り直すように一度咳払《せきばら》いをして頷いた。

「先日起こった事を陛下と学園長に話をさせてもらった」

学園内で起こった事であるし、ディルクの怪我やセルスの体調不良などもあったのだ。それは当然だろう。ディルクが危惧した通り、王国創立と邪神の事は国と学園の上層部しか知らない機密事項だったらしい。

「この国が元は四つの土地が統一された国である事は知られているが、国を指導する存在は一つでなければならない。創立の四人の指導者が同等であった事が分かれば、いらぬ諍《いさか》いが起きると思った賢人《けんじん》たちは話を合わせ、今の王家である東の指導者がまとめたという事にしていたんだ」

それは神殿の石碑を建てた後に決まった事で、石碑にあった誓いにはそれが示されていなかった。だが邪神という人に恐怖と混乱を与える存在を封じた神殿と同じ場所であったため、結界が張られ人目に触れる事はないと思われたのだろう。結界内に入るには、四人の賢人の血筋の者が二人以上いないといけない事もそれ故《ゆえ》だろう。一人ならば偶然で迷い込む事はあっても、二人分の血となれば示し合わせないと無理である。ディルクという混血は予想外だったに違いない。

「つまり王家では把握《はあく》した上で秘匿《ひとく》していた訳ですね？」

「建国の件はそうだ。しかし邪神と神殿については、王家ではあまり把握していなかったと言うか……伝説の様な扱いの様で、フレイダッハ様の話もしたが、追って調査すると言われた」

言い淀《よど》むアルフォンスに、さもありなんと頷く。何せ五百年近く前の話で、その本人が生きていると言われてもすぐには信用できないだろう。

「まぁ魔法に関しても記述があっても『何かの比喩《ひゆ》』として解釈されてきましたからね」

その結果が〝魔科学〟であるため、〝人の悪意を増長《ぞうちょう》させる邪神〟も、それを封印している〝神殿〟も魔法と同じくお伽話《とぎばなし》扱いになっている。

しかしここにいる五人中四人は、実際に邪神に襲われて被害に遭《あ》っている上に、伝説の魔法使い本人にも会っている。

「神殿関係となると、西部の方が信仰が厚く文献が多く残っているそうだから、そちらとも連絡を取って調査を進めるとの事だ」

西部、と聞いてドキリとディルクの心臓が跳ねた。

ディルクの母、リシェが西の聖者の家系だと聞いたのはつい最近だ。顔も覚えていない母だが、ディルクに深い愛を伝える手紙を残してくれていた。

「学園内にも神殿はありますよね？　あの小さいの」

ミヒルの言う通り、学園の敷地内にも神殿はある。そもそも洗礼式などで神殿とは必ず関わるし、貴族であれば領地経営などでも関わりがあるため、神殿は身近なものだ。王都の貴族が集まる学園内だからこそ、信仰の象徴として神殿は設《もう》けられており、行事の際に司祭が訪れて祈りを捧《ささ》げる事もある。

「あるにはあるが、あそこは基本的に〝あるだけ〟だからな」

しかしあくまでも象徴であるため、規模も小さく管理を行っている者はいるが、司祭などが常駐しているわけではない。重要な文献が残っているとはあまり思えない。

「まぁそんな訳で、調査確認は王室主導で行うから、お前たちは他言《たごん》しない様に」

アルフォンスに改めて言われ、これは王室からの命令である事を強調される。そう言われてしまえば、公爵家であるディルクとしては異存はない。

「はい、分かりました」

（そうなるとやはり課題の内容を変えないといけないな）

長期休み分を取り戻すためにも、早い所議題を決め直して文献を確保しなければいけない。

（いや、待てよ。そもそもチームの議題を今からでも聞けばよくないか？）

課題学習が始まったばかりの時は、チームの者と協力する気など起きずに個人で動いていたが、今ならば素直にチームの課題に入れてくれと言える。……多分。

（今さら……いや、僕は変わったんだ！　言える、はず！）

くじけそうになる心と顔を出しそうになるプライドに何とか言い聞かす様にディルクは拳《こぶし》を握った。

「ディルク？」

完全に自分の思考に入り込んでいたディルクは、アルフォンスの自分を呼ぶ声にハッと我に返った。

「は、はい。すみません、何でしょう殿下」

慌てて顔を上げてアルフォンスを見ると、アルフォンスの方が驚いた顔をしてたじろいだ。

「いや、その……何でもない。分かったのなら下がっていい」

言われた通りに部屋から出ようと立ち上がると、アルフォンスの後ろに立っていたバルトルトと目が合った。何やら身振り手振りで合図を送ってくる。

(なに……あ)

意味が分からず訝《いぶか》し気《げ》に眉をひそめてしまったが、以前バルトルトからアルフォンスともっと喋《しゃべ》ってくれと言われたのを思い出す。

(と言われてもな……。もう下がれって言われたし)

元幼なじみで義理従兄弟《いとこ》とは言え、王子であるアルフォンスに下がれと言われているのにとどまって喋る訳にもいかない。かと言って、学年も違うアルフォンスと直接話せる機会もそうそうあるものではないので、今が機会というのも分かる。どうしたものかと、ディルクが迷っているのとバルトルトの大きな身振り手振りを見て、勘の良いセルスが気付いたらしく口を開いた。

「そういえばあの時、カウペルス先輩殿下のこと変な呼び方をしていませんでした？」

「え？　変な呼び方？」

あの時と言うと、例の石碑の場所の事だろうが、ディルクは大体慌てていたのであまり記憶がない。何と言ったかと思い出そうとするよりも早く、ミヒルが声を上げた。

「あっそうです！　ディルク様ってばアルフォンス様のこと『アル兄様』って呼んでいませんでした⁉」

「‼」

言われて記憶が急に呼び起こされる。必死だったとは言え、王立学園入学前の呼び方をしてしまった事実にディルクの顔が赤くなる。

「あ、あの時は必死だったから……っ！」

つい、幼い頃の呼び方が口を吐《つ》いたのだ、と弁明をするが、その場にいなかったバルトルトから嬉し気《げ》な温かい目を向けられ、恥ずかしさに更に真っ赤になって口をパクパクさせた。

「でもおふたりは幼なじみで従兄弟なんでしょう？　別に今でもその呼び方でもいいんじゃないですか？」

きょとんと聞いてくるミヒルに、そんな簡単な話じゃないと言おうとして、ディルクはそもそもアルフォンスの事を「殿下」と呼ぶ様になったのは……「アル兄様」と呼ばなくなったのはいつだったのか思い出して止《とど》まった。

学園に通うために王都の屋敷に移って、家族と暮らせることを喜んだディルクを待っていたのは家族から目の前で避けられるという現実だった。実際カレルはもう家を出ていたし、マルセルはディルクを弄《いじ》りまわさない様に接近禁止令が出ていたのだが、八歳のディルクは知らず傷付いた。

それでも学園に行けばアルフォンスがいると希望をもって登校したのだが、返されたのは冷たい視線だった。それもディルクの変わり果てた容姿と傲慢な態度のせいであると分かっているので今さらどうこう言うつもりはない。だがアルフォンスが去った後の領地では、散々周囲の悪意ある大人たちに「捨てられた後妻《ごさい》の子」「殿下も迷惑していた」と吹き込まれたせいもあり、ディルクはアルフォンスに「お前」と呼ばれて早々に心を閉じた。

「ディルク?」

(僕はまだまだ視野が狭いな……)

「従兄弟と言っても義理だから、そう馴《な》れ馴れしくは……」

「カウペルス家自体が元々先々々代王の弟君の家系なのですから、別にいいんじゃないですか?」

「そうですよ~、殿下呼びは他人行儀すぎますよ」

言い訳じみたディルクの言い分に、セルスがさらりと答え、ミヒルが加勢した。バルトルトもうんうんと頷いている。たしかに、血筋を重んじて親戚が山ほどいる貴族から見たら、アルフォンスとディルクの血筋はかなり近い方かもしれない。それでも実の兄でもないのに兄様呼びは、この年で恥ずかしい。

ちらりと、アルフォンスを見ると同じ翡翠色がまっすぐと自分を見ていた。

「で、では、アルフォンス様……」

「！　ああ」

久しぶりに、アルフォンスの笑った顔を正面から見た気がした。

ミヒルとバルトルトはまだ「他人行儀～」と不満げだったが、アルフォンスとディルク的にはかなり大きな一歩であった。

さて、解放されたディルクだったが今日の授業はもう無いので、同じチームの彼らと話すのは明日になりそうだ。人気《ひとけ》の少なくなった校内を歩きながら、ディルクは思案した。

(何と言って切り出したらいいかな)

何せ今までの態度が態度である。急に下手《したて》に出てもあちらが戸惑うだろう。しかも長期休暇に入る前にディルク自ら休み中も学園に通って自分の分を進めておくから、使える様だったら使ってくれと言ったのだ。休み明けに急に「やっぱあれなし」では、何もやっていない奴だと

思われるかもしれない。

（…………それは嫌だな）

創立が四人の賢人である事と、邪神と、邪神を封じる神殿の話は出来なくて、理由も王家からの箝口令など言える訳がないから、ならば何かもっともらしい課題テーマと使えなくなった理由を考えないといけない。

「あ、ディルクくん！」

「⁉」

考えながら歩いていたので、急に声を掛けられてディルクの肩が跳ねる。息を整えて振り返ると、課題チームのリーダーと更に他のメンバーも勢ぞろいしていた。

「もう帰ったと思っていた。皆で図書館に課題に使った本を返しに行っていたんだけど、ちょうどよかった」

「そうなんだ」

にこやかに話しかけられ、内心の焦りに気付かれない様にディルクは返事をした。

（まだ新しい課題のテーマも言い訳も考えられていないから、どうにかここは切り抜けて……）

「休み明けに課題の進行状況を持ち寄ろうと言っていただろう？」

「う！」

言い訳など考える暇もなく即行で訊かれてしまって思わず声が出た。

「〝う〟？」

「う……植込みの方に、何か動物がいた気がして！」

我ながらめちゃくちゃなごまかし方だが、元々暴君だった影響か、クラスメイトたちは特に追及してこなかった。本当は細身の美少年になったディルクと話すのに、いまだに混乱とそして興奮があって細かい事が気にならないのだが、ディルクは気付かない。

「あ、それでディルクくんの課題テーマって……」

当然ながら重ねて訊かれ、ディルクはもう観念して謝るべきか口を開こうとした。

「そ……れなんだけど……」

「あっ今言わなくても大丈夫だよ！」

それにかぶせる様に、他のクラスメイトが声を上げた。

「え？」

「ほら僕らってまだディルク様を入れて集まって話した事も無かったじゃない？」

「そうそう！　こんな所で立ち話じゃなくて、カフェテラスにでも行ってゆっくり話した方がいいんじゃないかな！」

彼らは単純に、見目麗しくなったディルクとお茶がしたかった。

突如《とつじょ》として細身の美少年へと変身した上に、態度も軟化《なんか》して暴君どころか儚げなディルク。

あまりの変わりように、周囲もお近づきになりたいが、どう近付いたらいいか分からない上になぜかミヒルにガードされている現状、同じ課題制作チームという特権を持っているのだ。使わない手はなかった。

一方のディルクは、彼らのそんな思惑を知る由《よし》もなく、初めてお茶に誘われた感動に震えると同時に、好機に気付く。

「すまない、気持ちは嬉しいんだけど、今日は早く帰らなければいけない用事があるんだ。またの機会に」

ディルクにすまなそうに謝られたクラスメイト達は快《こころよ》く了承してくれた。

(これでひとまず時間は稼《かせ》げた！)


馬車乗り場で主人の帰りを待つフリッツが、全速力で駆けてきたディルクを見て驚いた顔をしている。ディルクはそれに構う事なく、そのままフリッツに飛びつく。

「わ、どうしましたディルク様」

「フリッツまずい事になった！　どうしよう！」

ひとまず馬車にと促《うなが》され、二人が乗ると馬車はゆっくりと発進した。それと同時にいきさつをフリッツに説明すると、呆れた顔をされた。

「なんでそこで素直に言えないんですか」

「だ、だって……」

フリッツの言う事はもっともだ。しかし、素直になろうとは心掛けているが、元来ディルクのプライドは高い。

更に言うならば、自身の容姿と立場に自信が無かった為に勉強は頑張っていた。すごく頑張っていた。これだけは自信を持って言える。だからこそ、その勉強の部分で自分が怠《なま》けたなどとは、口が裂けても言いたくなかった。

「長期休暇中に何もやってなかったんだと思われるのが嫌で……」

「いや、その体格を見て『何もやっていなかったんだ』と思う人はいないと思いますけど」

「勉強の事だよ！　休暇に入る前に大見得《おおみえ》切っていたのに、怠けていたなんて思われたくない」

視線を逸《そ》らしながらもごもごと言い訳を口にするディルクに、フリッツは「はあ」と気のない返事をした。基本がゆるいこの男には、ディルクのプライドのあり方がいまいち理解できないらしい。

「でも王室から箝口令を命じられたんでしょう？　明日までに新しい課題のテーマを決めて更にある程度進めておくって無理じゃないです？」

「いや、次の課題の授業まで何とかごまかすから、猶予《ゆうよ》は一週間ある！」

「一週間ねぇ」

あの日から今日までも一週間以上あったが、いかんせん怪我の治療とリハビリと、あとフリッツの事ばかり考えてしまい、すっかり課題の事を失念していた。つまりこれは、ディルクを悩ませるフリッツのせいでもある、とディルクは結論付けた。

「要は『創立者』『邪神』『あの神殿』に関わらなければいいんだから、今までの分でも何か使えるものがあるはずだ！　手伝えフリッツ！」

これは主人の沽券《こけん》に関わる問題だぞ、と強く言うとフリッツは「はいはい」と気のない返事をした後、続けた。

「それならぴったりの人物が家にいるじゃないですか」


「マルセル兄様！」

屋敷に着いてすぐにいつもマルセルがいる書斎やダイニングを見たがその姿は見えなかった。途中、侍女長に部屋にいる事を聞いて、慌ててそちらに向かう。ノックをしてドアを開けると、予想通り、マルセルは荷造りをしていた。

「ん？　どうしたディルクにフリッツ。そんなに慌てて」

「兄様……もう帰ってしまわれるのですか？」

元より革製の四角い鞄《トランク》一つだけで帰ってきていたマルセルだったが、部屋の中は所狭しと荷物が広げられている。それを次々に鞄の中に詰め込みながらマルセルはあっけらかんと頷いた。

「ああ、仕事を放り出してきていたからな。いい加減帰らないと」

そうだ、マルセルはフリッツからの手紙を受けて、急ぎ駆けつけてくれていたのだ。世界中を飛び回る国家歴史学者であるマルセルなのだから、大事な仕事だったはずだ。

「ごめんなさい兄様……僕なんかの為に仕事を投げ出させて……」

途端にしゅんとなったディルクをマルセルは笑い飛ばす。

「何を言っているんだ、大事な弟の一大事だ！　来ないわけがないだろう」

「マルセル兄様……」

「あ〜、はいはい。それでいつ出るんだ、マルセル」

長年不仲と思っていた兄の言葉に、感動のあまり抱きつきそうになったのを邪魔する様にフリッツが言葉と体を割り込ませてきた。

「明日の朝に出るよ」

「明日！」

本当に急だと思ったが、そもそもディルクの呪いが解けた後も一週間以上滞在してくれたのだ。ディルクの怪我と呪い解除後の経過を見ていてくれていたんだろう。

「それにコレも来たしね」

ペラリ、と目の前に紙を出された。見ればそれは、王室からの命令書だった。

「今朝ディルク達が出た後に届いてさ、ほらフリッツにも」

内容は今日ディルクが学園でアルフォンスから聞いたものと同じであった。箝口令を敷くのであれば、あの場にいた人間全員にだから学園に来ない二人にはこうして書面で下《くだ》った様だ。

フリッツはともかくとして、歴史学者で好奇心旺盛《おうせい》なマルセルの事だからあの場所を個人的に調べようとしてもおかしくないから釘を刺しに来たのだ。

「珍しいな、お前がそんなので大人しく引き下がるのは」

「え、王室から直々《じきじき》の命令だけど……」

しかもカウペルス家は王家に近い公爵家なのだから、命令に逆らうなどあり得ないのに何を言っているんだとディルクは思ったが、マルセルの方も開けっぴろげに答えた。

「ああ、もうここで調べられる分は一通り見たからね。それよりもここに来る前にいた遺跡にヒントがある気がするから戻る事にした」

「ん？」

その言い様だと、マルセルが屋敷に留まっていたのは研究を進めるための様に聞こえるが……ディルクはそこまで考えて、気にしない事にした。何はともあれ、ディルクの危機と聞いて駆けつけてくれた事には変わりはない。古代魔法の遺物があると聞いて飛んできた事も今は忘れよう。

「いや、それよりも王室の方で調べるからとの勧告《かんこく》をされたんですよね？」

「他言無用は言われたけど、僕の方でも個人で調べるのは勝手だろう」

それはどうだろう。完全に揚げ足を取った主張だが、本人も分かっているみたいなので上手くやりそうだ。何せ国家歴史学者なのだから、案外今後研究に呼ばれる可能性もあるかもしれない。

「でも明日出るなら、ディルク様早いところ相談した方がいいんじゃないですか？」

「はっ！　そうだった！」

フリッツに言われ、ディルクは本来の目的を思い出した。マルセルもなになに？　と聞く態勢になってくれたので、ディルクの課題テーマの事を相談した。

「なるほど、つまりは王室からの箝口令に触れないで今調べている分を使えるテーマが欲しいと」

「素直に謝った方が良いと思いますけどね～」

「うるさいぞフリッツ！」

茶々を入れてくるフリッツを制しながらマルセルから何か良い案が出る事を期待して見上げると、マルセルは考える素振《そぶ》りもせずに首を傾げていた。

「それなら家にも文献が揃っているいいやつがあるじゃない」

「え？　それって……」

「リシェさんが西の聖者の血統だっただろう？　学園にある神殿は西の聖者が関わっているから、『学園の歴史を探る』に当てはまるだろ」

確かに、ディルクの母であるリシェは西の聖者ティムの血統であるであろうとは言われた。

四賢人中二人の血筋の者が必要なあの場所にディルク一人が入れたのだから、それはほぼ間違いないだろう。

「つまり、母様の持っている文献と学園の神殿を調べれば良いという事ですか？」

「ああ、それなら僕が調べていた結界と神殿の定義も使えるんじゃないか？」

マルセルがまとめていた書類の中から数枚を抜き取ってディルクに渡してきた。

「これ、貰《もら》っていいんですか？」

「ああ、基礎的な部分だから僕にはもう必要ないかな」

マルセルの意外と綺麗な字で書き込まれているメモを見ると、ディルクが読んだ魔法の文献よりも詳しい気がしたが、ありがたくいただいておく。

(母様の持ち物……)

今まで家の使用人たちの気遣いで意図的に隠されていたとはいえ、母の事を何も知ろうとしなかったのはディルクだ。母方の親戚と会った事も無い。ディルクを産んだせいで亡くなったのだから、恨まれていると思っていたし、親戚からの接触も無かったと思う。

自分が母に愛されて望まれて生まれてきた事もカレルが渡してくれた手紙で分かった今、母の事を知りたいと思ってはいた。マルセルはそのきっかけをくれたのかもしれない。

「……はい、ありがとうございます！　僕、母様の事も知っていきたいと思います」

「そうか！」

「あっ」

ぎゅむ、と抱きつかれたが、ちゃんと加減はしてくれた様で苦しくはなかった。

「兄様、お体に気を付けて……たまには帰ってきてくださいね」

「ああ、かわいい弟に呼ばれれば、いつでも飛んでくるさ！」

目頭《めがしら》が熱くなったのをフリッツにバレない様に、マルセルの肩口に顔を押し付けて隠した。


マルセルが滞在する最後の夜という事で、ディルクはマルセルと話せるだけ話した。マルセルの事だから、次にいつ会えるかは分からない。朝早くに発《た》つという事で、マルセルは早めに部屋に引き上げたがそれまではディルクがべったりくっついていた。

「それじゃ、おやすみディルク」

「はい、明日お見送りもしますからね」

マルセルに手を振り、まだ宵《よい》の口《くち》だったので、今からでも少しは母の事を調べようかなと振り返ると、なぜだか自分の護衛がむっつりとした顔をしていた。

「フリッツ、何て顔をしてるんだ」

「……別に」

明らかに不機嫌を出しているのに、そんな子供の様な返答をする年上の護衛兼恋人にディルクは今夜の勉強は諦めた。どちらにせよ、明日はマルセルを見送るために早めに起きなければいけないから夜更かしは出来ない。

「こっち」

フリッツの手を取って、自室に入る。長椅子に座り、隣に座る様に言うと素直に従ったが未だ目が合わない。

「何か怒っているか？」

フリッツの顔を覗き込む様に身を乗り出すが、ふいとよそを向かれた。

（学園から帰るまでは別に怒ってはなかったよな？　呆れてはいたけど……）

となると、その後から……マルセルと話してからになる。

「あっ、そうか、フリッツお前……」

閃《ひらめ》いて声を上げたら、フリッツがこちらをチラリと見て、口を尖らすので、怒っているのではなく拗《す》ねているのだと分かった。間違いない。

「お前もマルセル兄様と別れるのが寂しいんだな！」

「ちがいます！」

てっきり学生時代からの親友とまた別れるのが寂しくて拗ねていたと思ったのだが、違ったらしい。マルセルを独占していたから謝ろうとしたのに出鼻をくじかれたディルクは目をぱちくりさせる。その様子に「あ～」とフリッツが気まずげに声を出した。

「本当に違います。て言うかディルク様、前から思ってましたけど、ちょっと俺とマルセルの関係を美化しすぎてません？」

ディルク的には、フリッツはマルセルとは旧知の仲で学生時代は仲良しで、大人になっても身内の護衛を任されるほど信頼している相手……なのだが。

「違うのか？」

「いや言いましたよね？　騎士団を辞めた後にたまたま会ったって」

確かに以前にも、学生時代は一緒にいる事が多かったが、ずっと一緒ではなかったと言っていた。更に卒業後にも会っていなかったと言う。

「友達ってそういうものなのか？　相手の家に遊びに行ったりとかは？」

「いや、行っていたらディルク様にも会っているでしょ」

確かに。途中からだがマルセルとフリッツが在学中にディルクも王都のこの屋敷に住んでいたから、遊びに来ていたなら会っているはずだ。

「そうなのか……。ミヒルやクラスメイトから次の長期休暇には家に遊びに来てと言われたから、そういうものなのかと思っていた」

何せディルクには今まで友達と呼べる存在がいなかったために、学生の普通の友達という感覚が分からない。今日学校でミヒル達に誘われた事で、フリッツも学生時代はマルセルとこんな風に仲良くしていたと思ったのだが、違うらしい。

「待って下さい。ミヒルくんと誰に誘われたんですか？　詳しく」

さっきまでこちらから視線を逸《そ》らしていたフリッツが真剣な顔で間近にいて驚く。

「え、課題学習のチームの……いや、訊いてるのは僕だぞ！　はぐらかすな！　じゃあ何でそんなに不機嫌なんだよ！」

「う」

反論すると、顔を歪《ゆが》めてまた視線を逸らされたので、逃がさない様に襟《えり》を掴んで視線を合わせる。じ～っと至近距離で見つめてやると、ようやく白旗を上げた。

「分かりました、言います、言いますから！　……ディルク様が、マルセルの前だとその……子供みたいで……」

「は⁉」

確かにマルセルが明日発つと言うので、ずっと付いて回っていたが、子供扱いされたとディルクは顔がカッと赤くなるのが分かった。それを見て、フリッツは慌てた様に付け加える。

「いや、そういう意味じゃなくてその……素直に甘えていて、かわいいから……その、ちょっと妬《や》いたと言うか……」

「え⁉　いや、兄様だぞ？」

嫉妬と言うのは、相手が取られてしまうと不安になるものじゃないのかと驚くと、フリッツが恥ずかしそうに苦笑した。

「いや、分かってんですけどね……」

(は⁉　か、かわいすぎないか⁉)

自分よりもずっと年上で大人で強くてかっこいいフリッツが、たかが兄と仲良くしただけで嫉妬して、恥ずかし気《げ》に縮こまる様子を見て、ディルクの胸が締め付けられる。最近触れ合いが減っていたので少し不安になる気持ちが少なからずあったのもある。目の前の恋人への愛《いと》しさが溢れて、無意識に手が伸びた。フリッツの首に手を回し、マルセルにしたように頭を肩に預ける。マルセルの時と違うのは、顔は伏せずにフリッツに向けて至近距離でじっと見つめた事だ。

「フリッツって、そんなに僕の事好きなの？」

「っ、好きですよ、そりゃ」

観念した様に言うフリッツに、フッと自然と笑いが漏れた。

(これは……いい雰囲気なのではないか？　あの時の感じになっているのではないか⁉　あ、でも明日早いんだけど……いやでも好機は逃せない！)

ディルクは高鳴る鼓動とはやる気持ちを抑《おさ》えつつ、意を決して口を開いた。

「フリッツ……僕、おやすみの口づけは額《ひたい》じゃなくて……口がいいな」

フリッツが小さく息を飲む音が聞こえた気がした。少しの間の後、ゆっくりとフリッツの顔が近付き、ディルクは目を閉じた。

ついに、ようやく進める！　そう思い、小さく開いた唇に温かく柔らかい感触が重なり…………離れた。

「……ん？」

その後もう一度降ってくる事がない事に気付き目を開くと、少し離れた位置でフリッツが柔らかく微笑《ほほえ》んでいるのが見えた。そうして、やんわりと首に回していた手を下ろされる。

「明日は早くに起きるんでしょう？　おやすみなさい」

ちゅ、ともう一度軽く口づけて、フリッツは部屋から出て行った。

何が起こったのかしばらく理解するのに時間が掛かったディルクは、我に返った後あまりの恥ずかしさにちょっと泣いて、しばらくクッションに八つ当たりをした。

翌日、怒りのあまり寝不足のディルクは、眠い目をこすりながらもマルセルの見送りのために早起きは遂行《すいこう》出来た。身支度をして部屋の外に出ると、いつからいたのか昨日の朴念仁《ぼくねんじん》が突っ立っていたので、思いきりフンと顔を逸らして玄関へと急ぐ。付いてくる足音は気にしない事にした。

「マルセル兄様！」

「お〜、おはよう。よく起きられたなディルク」

「僕はもう子供じゃないですからね！」

後ろの男にも聞こえる様に声を張ってついでに胸も張った。

「マルセル様、列車の中でどうぞ」

「ああ、ありがとう」

マルセルの出発が早いのは、朝一番の魔導列車に乗るからだそうだ。

「それじゃあな、ディルク。何か困った事があったら、いつでもこの兄を頼れよ！」

頼ろうにも居所不明な事の方が多い兄だが、ディルクは大人なので気持ちだけ嬉しく受け取った。

「はい、兄様もお体にお気をつけて」

最後に軽くぎゅっとディルクを抱きしめた後、フリッツと低いハイタッチを交わして、マルセルは颯爽《さっそう》と去って行った。

「行ってしまいましたね」

「ああ……っ！」

フリッツの呟きに思わず返事をして、怒っていたんだったと思い出しフンとそっぽを向いて足早に屋敷内に戻った。朝食を食べ、登校の際にもフリッツとは口をきかなかった。

（僕は何をやっているんだ……。これじゃあ本当に子供じゃないか）

その日の授業を終えて、さっそく神殿を見に来たディルクは自己嫌悪で埋《う》まりそうなほど落ち込んだ。大人扱いされたいのに、頭に血が上って完全に子供の行動をしてしまった。

(でも僕だって、あそこでかわされるのは恥ずかしくて合わす顔が無いのだが⁉)

かなり直接的に誘ったつもりだったので、軽くあやされたのは今思い出しても恥ずかしい。

久しぶりの唇への口づけは嬉しかったけど……と思って、いや目指すはもっと先だと思い直す。

課題の事で忙しいのに、フリッツの事ばかり考えてしまう。切り替えなければ、と改めて神殿を見る。石造りの小さな神殿は、学園の西側に建てられていた。白い石柱の中に入っても見た通りの狭さで、フレイダッハと会ったあの草むら程度の広さしかない。

「本当に象徴であるだけなんだな」

中を見渡しても、石造りの長椅子と祭壇、国教《こっきょう》のシンボルの像がある程度で文献もありそうにない。一応見に来ただけなので、シンボルがあるのだから学園の歴史という課題には沿うだろうと踵《きびす》を返すと、こちらをじっと見ていた紫色とばっちり目が合った。

「せ、セルス・ベイル⁉」

いつかの図書館での時と同じく、セルスは静かに歩み寄ってきた。

「こんな所で何を百面相をしているんですか？」

「う、うるさいな、見るなよっ」

「うるさいのは先輩のお顔です」

よほど顔に出ていたのかと、思わず手を頬にやった。

「……カウペルス先輩って本当に変わりましたね」

「は？」

いきなり何を……頬肉か？　頬の贅肉《ぜいにく》の話をしているのか？　と思ったが、感情のこもっていない目で「違います」と言われた。口には出していないのに。

「それよりも先輩、以前した約束を覚えていますか？」

「約束？」

（セルスと約束？　したかな、そんなの）

「お見舞いに行った時に言ったじゃないですか。『色々と訊きたい事があるから』って」

「あ、あ～」

確かに言われたが、あれは約束だろうか？　一方的に言われただけの気もするが……。しかしセルスが巻き込まれ、呪いを受けたのも事実なので、事情を詳しく知りたいのは当然だと思う。

「場所を変えるか？」

王室から箝口令《かんこうれい》が出ている話だ。ディルクが周囲を見ながら提案をすると、セルスが首を振る。

「こんな神殿に来る人なんていませんよ」

確かに。ディルク自身も今回の事がなければ卒業まで来ることはなかったと思うので、長椅子の砂埃《すなぼこり》を払い腰掛けた。

ディルクが知っているのは、この国が統合される前に『人の負の感情を増幅させる邪神《じゃしん》』がいた事。それをあの場所の地下に封じ込め、国を統合して王国とした四人の賢人がいた事。邪神が封じられた上に神殿を作り、四賢人の血を必要とする祠《ほこら》を使い封印をされていた事。そしてその封印を守っていたのが、フレイダッハと名乗る魔法使いだという事だ。

これらの事はマルセルの方から王室にも報告が上がっているが、セルスは全部を聞かされてはいないだろうと説明した。

「大体はこんな感じだ。結果的にほぼ合っていると思うけど、全てが確証があるわけじゃないから……」

「それは分かっています。それで……フレイダッハ様については」

フレイダッハの名前に、ディルクの顔が少し歪《ゆが》んだ。呪いを掛けられたのを緩《ゆる》めてくれたとは分かったが、それによって散々な目に遭《あ》った身としては素直に感謝が出来ない相手だ。

「セルス・ベイルも会っただろう？　白い髪の妙な人物だ。北の大魔法使いと同一人物かどうかは分からない」

「あの時は僕はあまり意識はありませんでしたから」

「ああ、そうか」

あの時セルスは既に邪神の余波《よは》を受け、意識が朦朧《もうろう》としていたんだった。

「どんな方でした？」

「どんな……と言われても、白い……白銀の長い髪で、男か女かもよく分からないし、年齢もよく分からないんだ」

「何で直接何度も会っているのに分からないんですか」

そう言われても、印象に残るはずの場面で何度も会ったのに、思い出そうとしても靄《もや》が掛かった様に記憶に残らない。

「声は印象深いんだけどな。しゃがれ声で、でも女の人の声だと言われても納得できると言うか……」

「声は僕も覚えています。でもそうか……幻術魔法を使われている可能性もありますね」

「幻術魔法？」

これはまた古代魔法の中でも眉唾物《まゆつばもの》が出てきたなと思ったが、セルスは真剣らしく何やら頷いている。さすが北の先住民族の血を引くだけあって、魔法に詳しい様だ。

「何だってそんなにフレイダッハについて知りたいんだ？」

いつものセルスと比べてかなり積極的な様子を疑問に思い訊いてみたら、セルスは以前から北の領地の歴史を調べていたという。その中でフレイダッハの名前も目にしていたので、実在するとなったらもっと知りたくなるのは当然だと言われた。

「何でまた……」

「自分の家筋を知りたいと思うのは当然ではありませんか？」

言われてハッとする。ディルクは後妻《ごさい》の子であり、王族の血が薄い事ばかりにこだわって、母の事も、それ以外の事もあまり目に入れない様にしていた。カレルやマルセルから話を聞いて、母の事を何も知らない自分を恥じたが、思えば義務ではないのだ。

（そうか……そうだな、僕も母様の事をもっと知りたい）

課題のためではなく、今まで知ろうとしなかった負い目でもなく、純粋に母の事を知りたい。そう思うと、すとんと胸の中の何かが埋《う》まった気がした。

「でもそうか、それでしたらフレイダッハ様に会うのは難しそうですね」

「魔法関連の事は僕も少しは勉強をしたけど、多分君の方が詳しいだろう。マルセル兄様なら分かるかもしれないけど……」

「ああ、そうでしたね。僕もマルセル様とご一緒させていただいた時に聞きたかったのですが出来なかったので」

「そうだよな……ん？」

セルスの言葉に何か引っかかりを感じてディルクは止まった。

その言い方ではまるで、マルセルと一緒にどこかに行ったかの様だが……

「行きましたよ。新学期が始まるまでに誘われて、何度かあの場所に」

「ええっ⁉」

そう言えばマルセルも昨日『調査はある程度やった』と言っていた。そしてのあの場所に行くには〝四賢人の血筋の者が二人以上〟必要だ。マルセルだけでは入れない。一応四賢人の一人の血筋であるフリッツもいるが、ずっとディルクに付きっきりだったから、どうやって入ったかという疑問は確かにあった。あったがまさかセルスを連れて行っていたとは。

「い、いつの間にそんな事に……。いやでもそんな時間があったなら、僕じゃなくて兄様に直接聞けば良かったんじゃ……」

当然の疑問は浮かんだが、セルスは無表情のまま首を振った。

「マルセル様の質問にお答えするか、マルセル様が調査をしているだけで終わりました」

「ええ……」

想像に容易《たやす》いマルセルに、思わず「うちの兄がごめん」と口から謝罪が出た。

「でもセルス・ベイルの方が頼まれて協力をしているんだから、強引にでも質問すればよかったのに……」

「マルセル様は著名な古代魔法の研究者ですよ？　分かっていますか？」

「ええ……」

あれ？　セルスってこんな奴だったっけ？　と驚いたが、人には色んな面がある。最近ディルクはその事に気付き大人になったので、流す事にした。

「ですがそう言ってくださるのでしたら、カウペルス先輩が席を設《もう》けてくだされればいいのでは？」

口調は偉そうだが、紫の瞳はキラキラと期待に輝いている。初めてセルスの後輩らしいかわいい所を見た気がしたが、ディルクではその期待に応《こた》える事は出来なかった。

「ごめん……マルセル兄様は今朝遺跡の調査に戻られたんだ」

すっとセルスの瞳から光が消え、元の『無』となった。

（兄様、協力してもらったならいなくなる事くらい伝えておいてください！）

すでに魔導列車で王都から出たであろう兄に心の中で呼びかける事しか、ディルクには出来なかった。


セルスと別れ、馬車乗り場に行くとフリッツが一瞬ほっとした顔をした。授業が終わってもなかなかディルクが来ないので不安に思っていたようだ。

「まだ機嫌が悪いです？」

「今悪くなった」

答えると、決まりが悪そうな顔になった。笑って流さないという事は、フリッツも気にしてくれているのだろう。しかし昨夜の肩透かしを思い出すと、すぐには許す気にはなれなかった。

（そんなかわいい顔をしても無駄なんだからな！）

無言の馬車はいつもよりも長く感じる時間を経《へ》て、屋敷に入った。フリッツの手を借りずにひらりと身軽に降りたディルクは、まずは誰からがいいかと屋敷内に入り「おかえりなさいませ」という声に返事をしながら見渡す。

(十七年以上勤めている者と言ったら、結構絞《しぼ》られるな)

「ディルク様、何か探してます？」

フリッツが後ろから付いてきながら問いかけてきたが、無視して廊下を進む。今日一日くらいは無視してやろう。

「これはディルク様！　どうなさいましたか？」

厨房をのぞくと、シェフがすぐに気付いて小走りでやって来た。

「小腹が空《す》きましたか？　お食事の前ですので軽い物でしたら……」

「ああ、いやいい。そうじゃなくて、お前は勤続《きんぞく》何年だったかな？」

「え？　ええと、今年で十五年になりますが……」

突然の問いかけに戸惑いながら答えるシェフに、ディルクが続けて問いかける。

「そうか……お前よりも長い勤続の者は厨房にいるか？」

「それでしたら……」

シェフに声を掛けられやって来たのは、意外にも三十代くらいのキッチンメイドだった。

「この者は十代前半で見習いとして入りましたので、二十年勤続しております」

突然呼ばれて来たキッチンメイドは何事かと不安げだったので、すぐに本題を切り出す事にした。

「僕の母様について知っている事があったら教えてほしい。お前にとって、母様はどんな人だった？」

その後、庭師二人、執事、侍女《じじょ》、メイドと話を聞いてまわった。

「明るい人でしたね。旦那様と結婚されても、侍女をされていた時と変わらぬ態度で接せられていました」

「ああ、自然が好きでよく庭を見に来ていた。特にこの花がお気に入りだったな」

「覚えは早いのですが、たまにとんでもない失敗をする方でしたね。侍女として入った時は私の下でしたから、まぁなかなか大変でしたよ」

「旦那様への猛烈アタックは見ていて面白かったですよ。あの旦那様が押されてましたから！」

「歌がとっても上手でした。旦那様とご結婚されて、奥様になられた後はカレル様やマルセル様……それからお腹の中のディルク様へよく歌ってらっしゃいました」

カレルに貰《もら》った絵姿だけだった母の輪郭《りんかく》が、どんどん色づいていく気分だった。絵姿で優しく微笑んでいた女性が、満面の笑みを浮かべ、歩き出す。

「素敵な御方だったみたいですね」

「うん」

ずっと付いて回っていたフリッツに話しかけられて、ディルクは、今日一日無視しようと思っていた事も忘れ素直に頷いた。

「思ってたよりもお転婆《てんば》だったみたいだけど。もっと淑《しと》やかな女性だと思ってた」

絵姿からの印象とカレルの言いようだと、淑やかで優しい令嬢をイメージしていたが、意外と色々やらかしていたらしい。

「ディルク様の母君ですから、それはないんじゃないですか？」

「どういう意味だ」

自然といつもの軽口の言い合いになり、内心ほっとした。

「でもそうか……親子って似るらしいからな」

言われてみれば、命の危険をおしてディルクを産んだ人だ。とても強く、頑固な人だったのかもしれない。

「そうですよ。うちも父親と兄はそっくりだし、妹も年々母親に似てきました」

自分の家族を面白おかしく語って見せるフリッツの話を聞いて、ふと疑問が湧いた。

（親子で似るって……父様と僕も？）

「ディルク様」

呼びかけられて振り返ると、侍女長がいた。この侍女長はかなりの古株で、カレルが幼少期から勤めているカウペルス家の内情に一番詳しいと言ってもいい人物だ。それだけに、兄弟の不仲に胸を痛めており、三兄弟が揃った食卓に涙したほどだ。

「ディルク様が、リシェ様の事を聞いて回っていると聞きましたので」

侍女長に誘われ、談話室のひとつに入りお茶が出された。ディルクの横にはフリッツが座り、正面に侍女長が「失礼いたします」と腰掛ける。

「わたくしも長く勤めておりますし、リシェ様は最初侍女としてカウペルス家にいらっしゃいましたから、指導係もさせていただきました」

元々先妻を亡くしてからなかなか後妻を娶《めと》らないカウペルス公爵へと送り込まれた貴族子女の一人が、ディルクの母であるリシェだった。

「それまでにも何人も侍女や侍女見習いとして、貴族のお嬢様方が送り込まれて来ましたが、皆様正直使い物にならなくて……」

ゆくゆくは公爵夫人である貴族令嬢たちが真面目に侍女の仕事をするかと言われれば、しないだろう事は容易に予想が付いた。そんな中、リシェだけは違ったそうだ。

「何と言いますか、とても生命力にあふれた方でして、仕事を覚えるのはとても早く、よく出来た方でした」

それは執事からも聞いた事だ。

「仕事をする事を嫌がらなかった？」

リシェはキールス子爵家の娘なのだから、お嬢様として育っているはずで他の令嬢たちと何が違ったのだろうかと質問すると、侍女長は小さく笑いながら頷いた。

「はい。ご実家の方でも厳しい教育方針だったそうで、行儀見習いとしての作法は完璧でした。ただ土地柄が違いますので、その作法が少しずれていたりして……普段が完璧な分そのズレがおかしくて、旦那様と急接近されたのもそれがきっかけでしたね」

父の話が出て、ドキリとディルクの心臓が跳ねる。

母の事が知りたい。それと同じくらい、父と母が愛し合っていたのか……それも知りたかったが、同時に怖かった。何せ先妻は現王の妹君で、父とは幼い頃からの婚約者でそれは仲睦《むつ》まじく、先妻が亡くなった後は頑《かたく》なに後妻を娶ろうとしなかったと聞いている。

母の方は手紙からでも父への愛情は見えたが、父は？

後妻の子である自分に興味を持たない事も含めると、やはりそこに愛は無かったのではないか？　そう思うと、塞《ふさ》がったはずの胸の傷が疼《うず》く気がした。

「旦那様は見ての通りの仕事人間の方ですが……とても不器用な方なんです」

「父様が、不器用？」

王宮内で若い頃から出世頭《しゅっせがしら》で、現在政局をほぼ手中に収めていて、王からの信頼も厚い……という父が不器用ならば、人類のほとんどが不器用なのではないだろうか。考えあぐねるディルクを見て、侍女長は困った様に微笑んだ。

「はい、リシェ様と心を通わせ始めた時も、それはもう悩んで空回りしておいででした。……

今もそれは変わりませんけどね」

あの父をまるで思春期の少年の様に言ってクスクスと笑う。母が来た時でも父は既に三十を超えていたはずなのだが。

「あ～なるほど、だんだん分かってきましたよ、旦那様の事が。ディルク様は正真正銘旦那様の御子ですね」

「何でお前が分かるんだ」

フリッツまでそんな事を言い始め、ディルクは訳が分からず、むうと唇を尖らせた。そんなディルクを見て、また二人がクスクスと笑い、侍女長がおもむろにポケットからチャリ、と金属製の物を取り出した。

「ディルク様に、これを……」

言われて差し出した手に、軽くて冷たい感触が置かれる。鍵だった。

「リシェ様のお部屋の鍵です」

「！」

当たり前だが、屋敷内にはリシェの部屋があった。しかし今まで使用人たちが彼女の存在を敢えてディルクに伝えなかったため、行った事が無い。いや、ひとつ。何の部屋なのか分からない部屋があったのは知っていて、何となく察してはいた。それを言い出せる雰囲気ではなかったので知らないふりをしていたが、あそこがリシェの部屋だったのだろう。

「……入っていいのか？」

「息子であるディルク様が、駄目な訳がございませんでしょう」

優しい口調に、ぎゅ、と掌《てのひら》の鍵を握り締めた。


南側の三階の部屋。ずっと何の部屋なのか、なんとなくは分かっていたけど近付かなかった部屋の前に、ディルクは今立っている。フリッツも一緒だ。

「入らないんですか？」

「入るよ！　お前は本当に情緒が無いな！」

急《せ》かされて怒鳴りながら鍵を鍵穴に差し込むと、カチャリと手応えを感じた。

「失礼な、ありますよ」

逸《はや》る鼓動を抑えながらそっと鍵を回していると、後ろから朴念仁がまだ雰囲気を壊しに来る。

「無いだろ。だから昨日だって……」

言いかけて、止めた。ここで昨夜の恨み言を言っても仕方ない。今は何よりも初めて入る母の部屋だ、とフリッツの事を意図的に意識外にしてゆっくりとドアを開いた。

南側に位置する部屋は、灯《あか》りもないのに夕陽でうっすらと明るかった。何て事は無い、貴族の令嬢の部屋だ。いや、むしろ簡素で男性の部屋に見えるかもしれない。

手前にある華奢《きゃしゃ》な机と椅子、壁際の本棚は落ち着いた木で作られていて、華やかさはあまりない。奥の方の天蓋《てんがい》付きベッドは女性らしく繊細《せんさい》な装飾のある布が使われていたが、手前の方はどちらかと言えば無骨《ぶこつ》で質素な調度品で揃えられていた。

「あまり派手なのはお好みじゃなかったんですかね？」

フリッツと同じ感想をディルクも持ったが、同時にとても落ち着く部屋だなとも思った。

ふと思いつき、本棚に並べられている本を確認しに行ったらフリッツが灯りを点《つ》けてくれた。

並んでいるのは、政治や作法の本が多く、西の聖者関連の本はありそうになかった。

「神殿関係の本は無さそう」

「ああ、そうですね。じゃあ手がかり無しですか」

「いや……母様の事も知りたかったから、部屋を見られたのは大収穫だ」

課題の事もあるが、ディルクにとってもう比重は母に傾いている。

「それにしても、いまだに人が住んでいそうな部屋ですね」

「そうか、それだ」

フリッツに言われて思い至った。おそらくこの部屋は、部屋の主であるリシェが亡くなった後も片付けられる事もなく、そのままの状態を維持《いじ》されている。だから妙に生活感があって落ち着くのだ。

この状態で埃の一つもない事から、使用人たちが掃除をしている事は明白である。

そして、屋敷内のしかも日当たりの良い部屋を維持するという事は、屋敷の主人の意志失くして出来る事ではない。

(父様は、母様の部屋を片付けたくないんだ)

机の引き出しを開けるのは躊躇《ためら》われたので、机の上を見るだけにする。羽ペンやインクが並んでいた。その端っこに、小さな青い花が樹脂《じゅし》で固められたネックレスを見つけた。

「これって……」

持ち上げると、ふわ、とカーテンが揺れるのが目に入った。使用人が掃除に入った時に、窓をきちんと閉めていなかったのだろう。揺れたカーテンを開いて確認をしようとして、窓外の景色が目に入って手が止まった。

「ここ……」

「わ、眺めが良いですね」

リシェの部屋のバルコニーからは、中庭の花苑《はなぞの》が見えた。その中でも、先ほど聞き取りをした際に庭師が言っていたリシェが好きだという花が一番よく見える場所だった。

ネックレスと同じ、青い花びらの花だった。

そこで、コンコンとドアをノックする音が響いた。振り返ると、侍女長がそっと顔を覗かせていた。

「ディルク様、申し訳ございません。旦那様がお戻りです」

「え⁉」

驚くディルクだったが、父は半月ほど領地に出ていたらしく、今日王都に戻ったという。

王都にいなかった事にも驚いたが、いつも王宮近くの屋敷の方で寝泊まりをする父がわざわざ仕事終わりにこちらにやって来る事にも驚いた。

しかしディルクが迎えに出たところで無視される事がオチなのに、どうして侍女長が知らせに来たのだろうと疑問に思うのが顔に出ていたのだろう、侍女長が言いにくそうに続けた。

「王室からの箝口令を聞いたそうで、ディルク様を呼べと……」

「え……」

さぁとディルクの顔から血の気《け》が引いた。

それはつまり、王室が秘匿《ひとく》していた大事な神殿の祠を壊し、封印を緩めた上に、王子であるアルフォンスを危険な目に遭《あ》わせたという事が父に伝わったという事だ。

これはもしかしなくても、お叱りを受けるのでは……と思わず助けを求める様にフリッツの方を見てしまった。フリッツも若干《じゃっかん》顔色が悪い。護衛騎士として、監督不行き届きを叱られる可能性があるからだ。だが、ディルクの視線に気付き、すぐに顔色を戻しディルクを勇気付ける様にニコリといつもの笑みを返してくれた。こういうところで大人の振る舞いが出来るフリッツに、不安だった心が少しだけ温かくなった。

意を決して、呼び出された父の書斎へと足を踏み入れる。

中は机や本棚から並んでいる本に至るまで、全て重厚《じゅうこう》な雰囲気を醸《かも》し出している。父の……ダーフィット・カウペルス公爵の書斎に入った事は初めてではないが、数年ぶりではあるのでビクつきながらもつい目は部屋の方に向かう。正直父の方が怖くて見られなかったのもあるが。

一瞬盗み見たダーフィットは、椅子に腰かけ足を組んでいて威圧感がすごかった。

「話は聞いた」

低い声が響き、ビクリと肩が上がるのが自分でも分かった。父に構ってほしくて色々やらかしたが、実際怒られるとなると怖かった。怒られるだけならいい。これ以上呆れられて見放されたら……それが一番怖くて、ディルクは顔が上げられなかった。

「アルフォンス殿下を庇《かば》って怪我をしたそうだな」

「……はい」

一番にその事が来るとは思わず、返事が少し遅れてしまった。てっきり恥をかかせるなと怒られると思っていた。

「傷の具合はどうだ?」

「え、えっと、もう塞《ふさ》がりましたし、特に痛みもありません」

「見せてみろ」

「え? はい」

戸惑いながらも、上着を脱いだらフリッツが手を差し出したので渡して、シャツの袖《そで》の釦《ボタン》を外しまくり上げる。二の腕には細い傷跡が浮いて残っていたが、しっかりと塞がっている。

「神経や骨に異常はないんだな？」

「はい、ちゃんと医師の診断を受けています」

後ろでフリッツが小さく息を吐いた気がして、振り返ろうとしたらダーフィットが続けた。

「そうか……それで、呪いに掛かったと聞いたが？」

「っ！」

一瞬、『嘘を吐《つ》くと～』の方を思い浮かべて息を飲んだが、恐らくダーフィットの言う〝呪い〟は邪神のものの事だろうと、ディルクは動揺を悟《さと》られない様に小さく息を吐いて呼吸を整えた。

「あ、それは、マルセル兄様の見立てでは、僕が西の聖者の血縁者だからほぼ影響を受けなかっただろうって」

「ほぼ？　ではまだ呪いが残っているのか？」

ピクリ、とダーフィットの精悍《せいかん》な眉が動いたので、慌てて否定する。

「い、いえ！　それも時間とあと、フレイダッハと名乗る魔法使いのおかげで残っていません」

「……そうか」

確かに、呪いを受けた者が同じ屋敷内にいるのは嫌だろうから、ディルクは納得してもらえてホッと息を吐いた。

「では……」

ついに、神殿のある場所への侵入と封印を緩めた件についてのお叱りが……と構えた。が。

「もういい。出なさい」

「え？」

思わず口から出た間抜けな声に、ダーフィットの眉が再び不愉快気に動いて慌てて口を閉じた。それでも信じられなくてダーフィットの顔をまじまじと見ると、精悍な顔の中に疲れが見える気がする。領地への出張は大変だったのだろうか。

（大変だったなら、何で王宮から離れた屋敷《いえ》に帰ってきたんだろう……？）

てっきり直接説教をするためだと思ったが、怪我と呪いの事……ディルクの体の話しか聞かれていない。

『旦那様は――とても不器用な方なんです』

先刻侍女長が言っていた台詞《セリフ》が頭によみがえる。

（もしかして……）

ダーフィットが立ち上がる。ディルクが出ないのなら自分が出ていくつもりなのかもしれない。

急いでフリッツから上着を受け取り着ようとしたら、先ほどポケットに入れていたネックレスが零《こぼ》れ落ち、カツンと小さく音を立てた。ちょうど席を立ったダーフィットの足元へと落ち、翡翠《ひすい》の目が落ちた物を捉《とら》えた。

「これは……」

「あ、そ、それは……母様の部屋にあった物で、あ、勝手に入ってすみません」

侍女長はいいと言っていたが、リシェの物を勝手に持ち出した事をダーフィットが快《こころよ》く思わないかもしれない。ダーフィットが、少しでもリシェを大切に想っていて、部屋を維持し続けたのならば尚更そうだと思ったのだが、樹脂で固められた花の部分を摘《つま》み上げたダーフィットの目が小さく和《やわ》らいだ。

「こんな物……まだあったのか」

「え……」

すっと元の無感情な目に戻ったダーフィットがネックレスを受け取ろうと手を出すディルクに向き直る。

「これは価値のある宝石でも何でもない、ただの花を樹脂で固めただけの無価値な物だ」

ダーフィットの言葉を受け、ディルクの脳裏《のうり》で母の絵姿、庭師たちの言葉、整えられた部屋、バルコニーから見える花苑が繋がっていく気がした。

「はい。でも僕にはすごく価値がある物なんです。僕が持っていてもいいですか？」

同じ色の瞳がしばし見つめ合い、先にダーフィットの方が逸らした。

「好きにしなさい」

言葉はそっけないが、そっと、大切な物を扱う様に、ディルクの掌にただの花を固めたネックレスを置いて部屋を出て行った。

ダーフィットが出て行ったドアをしばらく見守って、ようやくディルクは大きな息を吐いて緊張を解いた。

「はぁ〜〜〜」

「大丈夫ですか？　ディルク様」

近くにあった椅子に脱力して座るディルクを、心配気にフリッツが覗き込んでくる。

「……うん」

（ああ、本当に不器用な人なんだなぁ）

父から母への深い愛情と、そして自分が怪我と呪いを受けたと知らなかった事への後悔と憂《うれ》いを感じ取れたのは、ディルク自身が成長したからかもしれない。

（父様は辛い事があると、仕事に逃げるタイプだな多分……）

そう言えばカレルも以前そんな事を言っていた。あの時は聞き流したが、何て不器用で優秀な人なんだ、と思って、自身を顧《かえり》みて、思い当たる節《ふし》に苦笑が漏れた。

「どうしたんですか？」

急に笑ったディルクを訝《いぶか》し気に、しかし心配気に見るフリッツを見上げて、ディルクは首を振った。

「何でもない」

素直になるのは難しいけれど、その先にあるのが愛する人の喜びならば頑張ろう。


翌日、学校に着くなりディルクはすぐに課題のチームメイトの元に向かった。

「すまない！」

頭を下げるディルクに、クラスメイトたちは皆戸惑い慌てた。

「いきなりどうしたんだい、ディルクくん」

「そうだよ、頭を上げて」

お言葉に甘え、顔を上げたディルクは真摯《しんし》な目でクラスメイトたちを見つめて口を開いた。

「課題の件なんだけど、諸事情があって僕が進めていた分が使えなくなって……新しく学園内の神殿について調べようと資料を集めるまではしたんだけど、先に君たちに言っておくべきだと思って」

昨日と今日の朝早くに登校して集めた神殿に関する資料を出すが、結局は何も進んでいないという告白だ。やる気だけはある事を訴えようと資料の準備をするところに、プライドを捨てきれない往生際《おうじょうぎわ》の悪さを自分でも感じたが、仕方ない。このプライドも含めての自分なのだ。

クラスメイトたちは、しばらく目を瞬《しばたた》いた後、安堵《あんど》した様に笑いだした。

「なんだ、そんな事か～」

「え」

あれだけ長期休み前に大見得《おおみえ》切っておいてこの体《てい》たらくで、嘲笑《ちょうしょう》を覚悟したがそういった笑いではない様だ。何人かはディルクが持ってきた資料本をパラパラとめくっている。

「俺家の取り潰しでもされるのかと思った～」

「⁉」

「ディルクくん、長期休み中に怪我とかもしたんでしょう？　無理しなくていいですよ」

「そもそも課題テーマを一緒に決めなかった僕たちも悪いですし……」

「て言うか、これ図書館にあった本だけじゃないですよね？」

「え、うん。うちの書斎にあった本も何冊か混じってる……え、いいのか？　結果的に長期休み中僕は課題を全く進められなかったんだぞ？」

何でもない事の様に次に話を進めようとする彼らを、ディルクの方が慌てて引き戻す。だが彼らは顔を見合わせ、また笑顔になった。

「何か事情があるんでしょう？」

「そうそう、ディルクくんって真面目だから、サボったとかじゃない事は分かるよ」

あははと明るく笑われて、改めてチームとして一緒にやろうと言われた。周囲《まわり》が善人ばかりで意地を張って悪態を吐《つ》いていた自分が恥ずかしいとディルクが反省していると、何人かが顔を見合わせ、控えめに苦笑をした。

「いや正直な話、僕らがやっていたテーマでもこの文献有用と言うか、使わせてもらいたいんだよね」

「え、何か使えそうなのあったか？」

ディルクが家から持って来ていたのは、信仰や神殿に関する本ではあったが、それが使えるとなると……？

「ああ、うん。僕らは〝学園内の建物の位置関係における相互効果と魔法との関連〟を調べていたんだ。それで神殿関連の資料が少なくて困っていたから助かったよ」

「建物の位置関係？」

「うん。この学園って歴史的建造物が多いけど、何の意味があるのかよく分からない物も、像なんかもよく見えない場所にあったりとかしないかい？　何か意味があるのかもしれないとなってさ」

言われてみれば、ディルクが迷っていた時にも「何でこんな所に？」という像を見た。

（それって……結果として、あの神殿と結界に繋がる話なのでは……？）

ふと、そんな考えが頭をよぎったが、ディルクは気付かないふりをした。とにもかくにも、自分も役に立てたなら良かったと彼らの輪に入った。

昼休みに彼らと被っていた資料本を図書館に返しに行ったら、セルスに会った。

「今度は何を借りるんですか？」

「いや、今日は返しに来ただけだ」

答えると、何だとつまらなそうな顔をする。ずいぶん気安く話しかけてくるようになったなと思っていたら、一冊の本を渡された。見ると北の領地の歴史に関わる本だった。

「これは貸出可能な本ですから、もう少し勉強してください」

「いや、僕はもう呪いは解けたから魔法は……」

「駄目です。マルセル様が不在で仲介《ちゅうかい》も出来ないんでしたら、カウペルス先輩が僕の話し相手になるべきです」

とんでもない理論だが、兄が不義理をした負い目があるので、本は借りた。

「課題で忙しいから、すぐには読めないからな」

「まぁ待ってあげますよ」

なぜこんなにえらそうなのか分からないが、読み終わったらまた図書館に来ることを約束した。

「ディルク様〜」

放課後になり、教室を出ようとしたらミヒルがくっついて来た。

「今日は生徒会には行かなくていいのか？」

「行きます。だから途中まで一緒に行きましょう！」

いつものニコニコと明るい笑顔で当然の様に横を歩く。本当に人懐《なつ》っこい奴だと半分呆れながら、半分羨《うらや》ましく思う。

「そうだ、次の長期休みに家に来ませんかって話どうでした？　お家の人に話せました？」

「あー」

家の人と言うと父になるのだろうか。話してはいないが、問題はないだろう。

あるとすれば多分、あの朴念仁《ぼくねんじん》でヤキモチ妬《や》きの護衛だ。

「僕の護衛騎士も南部の出身だから、行くとしたらあいつの家に泊まる様になるかもしれない」

「え〜。でもそっちの方がご家族も安心かぁ。でもでも、僕の家にも絶対遊びに来てくださいね！」

まだ行くと決まっていないのだが、勢いに押されてディルクは思わず頷いてしまった。

分かれ道にたどり着いたところで、どこかから声がした。ミヒルがいち早く気付き、ディルクの袖《そで》を引いて上を指さして手を振った。上の階の生徒会室の窓から身を乗り出して手を振るバルトルトが見えた。その後ろの方に、アルフォンスの姿も。

「ほら、ディルク様も！」

これから行くのにわざわざ手を振っているミヒルに促《うなが》されるのを振り払い、ぺこりと小さく礼をした。アルフォンスと目が合った気がした。

「え、じゃあちゃんと言えたんですねディルク様。えらい！」

馬車の中で、フリッツに課題チームの件を伝えたら手放しに誉《ほ》められた。子供相手の様な反応だが、まぁ悪い気はしない。これでディルクの胸の中の憂《うれ》いは全部解消した。

だからディルクは、その日の湯浴《ゆあ》みはそれはもう気合を入れた。長く浸《つ》かりすぎて、ちょっと湯あたりしたくらいだ。

湯浴みから出て、庭で風に当たっているともはや当たり前になりつつある気配を感じた。

「ディルク様、風邪を引きますよ」

振り返ると、月明かりを受けて琥珀《こはく》の瞳を煌《きら》めかせている最愛の男が立っていた。彼の仕事は、ディルクを部屋に送り届けるまで終わらない。

「湯あたりを冷ましていただけだ」

「湯冷えを知らないんですか？　ほら、指先が冷たくなっている。部屋に戻りましょう」

そっと握られた手から、じんわりとフリッツの熱が伝わってきた。素直に頷き、部屋へと向かう。

扉を開いて、中と外で向かい合った。

「それじゃあディルク様……おやすみなさい」

穏やかな笑みで告げられ、顔が近付いてくるので、ディルクは少し上を向いて目を閉じた。

「僕が前に言った事を、覚えているか？」

「……覚えていますよ」

柔らかい感触が唇に重なる。

ゆっくりと離れようとしたフリッツを、ディルクは彼に鍛《きた》えられた力をもって引き寄せ、その口にかぶりつくように再び口づけた。バタン、とフリッツの背後で扉が音を立てて閉まった。

驚いているフリッツに考える隙を与えない様に、以前フリッツにされた口付けを思い出しながら、ディルクはフリッツの唇の狭間《はざま》に舌を差し込み、唇も何度もくっつけた。

「ん……っ、ふ……ぅん……」

やがてフリッツがディルクを受け入れる様に力を抜いたのが分かった。

舌同士を擦《こす》り合《あ》わせ、柔らかく温かい感触を感じながら、フリッツにしがみつく。

「んぁ……んちゅ……フリ……ッ……んんぅ」

フリッツの逞《たくま》しい腕が、いつの間にかディルクの腰に回って抱きしめていた。

「は……っ、ディルク様……？」

離れた唇の間に、唾液《だえき》の糸が引いた。

頬を染めながらも、まだ戸惑った様子のフリッツの目を、ディルクは覚悟を決めて見つめ返す。

「僕は……もっと先の事がしたい……と思ってる」

「！」

ぐ、とディルクの腰を抱くフリッツの手に力がこもったのが分かった。

ここでまたすかされたら、恥ずかしすぎる。プライドはズタズタだ。でも、それでも。

「僕はフリッツともっと先の事がしたい」

思っているだけでは、待っているだけでは伝わらないから。

ディルクはフリッツが好きだし、フリッツからも好かれている。信じている。先の行為に以前は進みそうだったのに今は避けられているのは、決してフリッツがディルクを嫌いになったからではない。しないにしても、理由が知りたい。

「フリッツは……思わない？」

出来ればそんな事ないと言ってほしいが、期待通りの答えじゃなくてもフリッツの事を嫌いになる事はない。

だからディルクは素直に自分の想いを言葉にした。

それでも顔を見たまま返事を聞くのは少し怖くて、目を逸《そ》らしてフリッツの胸に顔を押し付けた。

（あ……フリッツの心臓の音、ドクドクいってる）

押し当てた耳に、フリッツの生《せい》の音が直接入ってくるので、目を閉じて聞き入った。

（すごい、ドクドクいって……いや、いいすぎじゃないか？）

振動が直接伝わる程の心音に、ディルクもおかしいと感じて顔を上げた。目を見開いて、ディルクを見下ろしていたフリッツとバッチリ目が合った。と思ったら、ひょいと軽く抱き上げられ、ベッドに下ろされた。

「ふ、フリッツ?」

ディルクの広いキングサイズのベッドに、フリッツもブーツを脱ぎ捨てて乗り上げてくるのを呆然と見ながら声を掛けると、琥珀の瞳がギラリと光った気がした。

「あ〜〜何でいつもこう……っ」

独り言のように愚痴《ぐち》りながらディルクに覆いかぶさってくる。訳が分からないながらも、フリッツのぬくもりにすり寄ると、また「うぐっ」と変な声が出た。

「フリッツ?」

「もう……俺から折を見て誘おうと思ってたのに……」

呟きながら、唇が合わさる。ディルクからの拙《つたな》い口づけと違い、自然と舌が絡《から》められ、じんと脳に痺《しび》れる様な快感が流れディルクはあっという間にうっとりとした心地となった。

「本当にもう……初心《うぶ》なのに妙に積極的なんですから……。少しは俺のかっこいい所も残しといてくださいよ」

ぶちぶち言いながらも、こめかみ、耳、首筋と口づけを落としながら、ディルクのシャツをさり気なく脱がしていく。気が付いたら前を寛《くつろ》げられ、ズボンも半分ずり落ちていてディルクは目を白黒させた。

「え？　あれ？　どうやって……」

「はい、ちょっと背中あげて～」

隙間から差し込まれた手に背を支えられ、シャツがするりと腕から抜けていった。

「わ……」

あまりに見事な手際に、ディルクは目を丸くするしか出来ない。これではフリッツもやる気満々みたいだけど？　と見上げると、いつぞや見た唇を尖らせて頬を染めたフリッツがいた。

「あのねぇディルク様……。俺がヤりたくないとでも思ったんですか？　そんなわけないでしょ！　めちゃくちゃ我慢してましたよ！　騎士の精神で！」

騎士の精神ってそういうものだっけ？　と思いながらディルクはおずおずと反論した。

「じゃあやれば良かったじゃないか……。僕がそれっぽい風に持って行こうと何度もしたのにかわすから、てっきり……」

「ええ、ええ、それはもうかわいく誘ってくださって大変でしたよ」

あれだけかわされて恥ずかしい思いをしたと言うのに、まるでフリッツの方が被害者の様な言い草にムッとした。

「かわいいと思うなら乗れよ！　僕がどれだけ恥ずかしい思いをしたと思ってんだ！」

「怪我人に無体《むたい》は出来ないでしょうが」

そう言って、ディルクの右の二の腕の傷跡を優しく撫でるフリッツに、ディルクは再び目を丸くした。

「え？　怪我？　でもこれはもう無茶をしなきゃ痛くないって、結構前から言ってたはずだけど……」

「無茶しなきゃでしょう？　ディルク様あなた、性交をなめてます？」

いや、なめてないけど。かなり勉強したし……と思ったがそれを言うのはさすがに憚《はばか》られたので、首を横に振るだけにしておいた。

「気を遣っていても、いざとなったら俺も理性がぶっ壊れて腕にまで気が回らなくなるに決まってるでしょうが。まったく」

「決まってるんだ……」

言外に、ディルク相手では理性が壊れると言われて、顔が熱くなるのが分かる。

「当たり前でしょう。旦那様との話で、実際傷が塞《ふさ》がっているのを見てようやく安心して、そろそろかなと思っていたところだったのに……」

つまりフリッツは、いざとなったら腕の傷に気遣えなくなるから、完全に腕が治るのを待っていたと……。

「それを人の気も知らずにかわいい姿で誘いまくって……」

まだ文句を言い足りないらしいフリッツの首に手を伸ばす。

「じゃ、じゃあもう……してくれるの、か？」

下半身を擦り合わせて、上目遣いにねだると、フリッツの目が再びギラリと光った、気がした。

「んっ、ぅ、ふり、フリッツ……っ！　あ、もういいから……！」

間接照明だけの薄暗い部屋で、水音とディルクの上擦《うわず》った声が響く。

お互いに先に進みたい意思を確認し合った後は、フリッツはすぐさま服を脱ぎ捨てディルクに覆いかぶさってきた。ディルクだってフリッツと先に進みたくて、色々情報を仕入れて、どうしようか何をすればいいいか思案していた。

しかし始まってみれば、机上《きじょう》の空論とはこの事を言うのか。フリッツに翻弄《ほんろう》されっぱなしだった。

今だって、フリッツに肩を抱かれながら性器と胸を同時にいじられて、体を震わせることしか出来ない。ディルクが読んだ男性同士の性交について書いてある本には、胸を触る事など書いていなかったのでそんな所で快感を感じるなんて思わず混乱している。

「あっ、あっ、だ、だめ……っ」

「でもディルク様の性器は喜んでますよ？」

「んあっ」

フリッツの剣を握って固くなっている指が、ディルクの小さな乳首の周囲をくるくると撫で、たまに掠める様に乳首自身を弾《はじ》く。その度《たび》に高い声が出てしまい、恥ずかしさに悶《もだ》えるが一回り大きいフリッツの体で横抱きにされた状態では、前にも後ろにも逃げられず震えるしか出来ない。

「ディルク様の性器もうビショビショですね……俺もだけど」

「ひんっ！」

ぬるっと股をフリッツの性器で擦られ、直接的な快感に頭が真っ白になる。おかしい。こんなはずではなかった、と思うと涙がにじんできた。

「い……いっぱい勉強したのにぃ……」

「何をです？」

「せ……性交……の本に、こんなの……ん、は、書いてなかっ、なかったぁ」

半泣きで快感と混乱に零《こぼ》すディルクに、愛撫を止めずにフリッツは苦笑した。

「いや、どれだけ勉強熱心なんですか」

「あっ、いや、胸で気持ち良くなるの……ああ、おかしい、からぁ……」

乳首を摘《つ》ままれ転がされ、喘《あえ》ぎながら反論するディルクが可愛すぎて、フリッツはもっともっと色んな事を教え込みたい衝動に駆られたが、それはおいおいだ。

それにしても、乳首いじりと素股だけで混乱して泣くとは思わなかった。純粋培養《ばいよう》世間知らずで勉強家のお坊ちゃんな事は知っていたが、ここまでとは……と興奮でイきかけるかと思った。

「色んなやり方があるんですよ……ほら、ディルク様口づけは？　口づけは好きでしょう？」

「うん……ん」

声を掛けると、涙の溜まった目でとろんと見上げてきて、舌を差し出してくる。勉強熱心で、飲み込みが早い。あんな事やこんな事もしたい思いが湧きあがるが、完全に初めてなディルクでは限界超えだろう。下手《へた》したら最後までする前に失神してしまうかもしれない。それは困る。

だから今回は、色々我慢をして繋がる事だけに集中する事に決めた。

「ディルク様、指を入れますよ……痛くないから、ちょっと我慢しましょうね」

「うん……んんっ」

この部分については予習をしていたそうで、ディルクは恥ずかしがりながらも後孔《こうこう》をいじられる事には耐えた。協力的なかわいい恋人が少しでも苦痛を感じない様に、フリッツはディルクの二の腕の傷跡を舌でなぞった。

「んっ、そこ……なんか、ぞわぞわする……」

「皮膚が薄くなってるから、感じやすいんですよ」

そう言って、所有権を主張する様に、傷跡の上から吸い付いて跡を付けた。

「んんっ」

（我ながら……大人げない）

ディルクが他の誰かを守って付いた傷の上に付いた口付け跡に、苦笑が漏れた。

「フリッツ……？」

「ん、ディルク様……俺と繋がりましょうね」

不安げに見上げてきたディルクの頬は桃色で、快感に翡翠《ひすい》の目は蕩《とろ》けている。大丈夫そうだ。

「……うん」

時間をかけて解《ほぐ》した後孔に、自身の昂《たか》ぶりを擦りつける。後ろを使った性交の経験はフリッツにもなかったが、知識はある。最悪、全部入らなくてもいいし。ディルクと繋がれたという事実があればいい。

「フリッツ、手……」

「はい」

手を重ねると、ディルクがぎゅっと握ってきた。

「ゆっくりね……」

「うん……んんっ」

十分に慣らされた箇所《かしょ》が、フリッツを受け入れていく。ゆっくり挿入される事で余計にフリッツの熱を感じて、ディルクは懸命に呼吸をした。

「ディルク様……ん、無理しないでいいですからね」

汗をにじませ色気を纏った男が、優しい笑顔で言うからついつい反論した。

「し、してない……っフリッツが、もっと奥まで欲しい……」

でも本心だ。ずっとフリッツともっと繋がりたかった。恋人らしい事がしたかったし、気持ちいい事はディルクだって興味があるのだ。思っていたよりも色んな事があるのだと、前戯の段階ですでに知らしめられたが。

「全く……優秀すぎるのも困りものですね……っ」

「はぐっ」

半分ほどまで入っていたフリッツの熱が、今までよりも性急に押し込まれ、意識せずに声が出た。

（苦しい……けど、大丈夫！）

「ディルク様？　……大丈夫です？」

見つめてくるフリッツの目に欲が乗っているのが見え、ディルクは震えた。自分がフリッツに快感を与えている事が嬉しくて仕方なかった。

「うん……だいじょうぶ、もっと、フリッツをちょうだい……？」

この台詞を言った事により、ディルクは声が枯れるまで鳴かされる事となった。

「外が……明るい……」

いつの間にか失った意識から浮上したディルクは、窓の外を見て夜が明けた事を知った。あと自分の声がガラガラなのにも驚く。

「ディルク様大丈夫ですか？　はい、水」

フリッツから渡された水を飲むと、水分が喉《のど》全体にいきわたるのを感じた。

「お体は？　起き上がれます？」

「……大丈夫」

ゆっくりと起き上がると、腰と尻の奥に違和感があったが、日常生活は送れると思う。皮肉な事に、フリッツに鍛えられまくったおかげで、丈夫な体になったディルクだった。

「良かった。じゃあ次はもう少し頑張れますね！」

爽《さわ》やかな顔でのたまう朴念仁改め、色情魔に唖然としかけた……が、ディルクのプライドがそれを許さなかった。

「次までにもっと色々勉強しておくから、覚悟してろよ」

「ハハハ、そうでなくっちゃ」

豪快に笑ったフリッツがゆっくり覆いかぶさってきたので、ディルクは素直に目を閉じて口づけを待った。

　意地っ張りでプライドが高い性格は未だにどうしようもない事が多々あるが、周囲から与えられる優しさや愛に気付けるようになった。そしてそれに少しでも報《むく》いたいと思う。こうして大人になっていくのだろうな、とディルクは思った。

「ディルク様？」

口づけの後、反応しないディルクに訝し気な恋人に、ディルクはとびきりの笑顔を向けて手を伸ばした。握り返される手に、離さないよう、離れないよう想いを込め、今度はディルクから口づけた。

　愛し愛される幸せを噛み締めながら。

あとがき

AFTERWORD……………………

—八月八—


初めまして、こんにちは。八月八《やつきわかつ》です。

お手に取ってくださりありがとうございます。初のディアプラス文庫です！

この作品は、私の初めての雑誌掲載作品であり、純ＢＬ作品です。元々ウェブで書いていて、ラノベ枠《わく》でデビューした者でして、ディアプラス読者に受け入れられるかドキドキしながら書きました。

とは言え、趣味全開のファンタジーコメディとなっております。ファンタジー大好き！

初めての純ＢＬ作品、雑誌掲載作品、という事で、受け入れられるかとても不安でしたが、私自身は楽しく書け、こうして文庫にもしていただけて嬉しい限りです。

どうしてもファンタジー設定を盛りたい性分と脇キャラを充実させたい性分が災いし、雑誌掲載時は規定ページ数を超える文量になってしまい担当さんには大変お手数をお掛けしました。それでも色々捨てきれていませんが。色んなキャラを書くのもすごく好きなんです。学園の仲間とわちゃわちゃするディルクがもっと書きたかった……。

主人公のディルクは、元々は白豚悪役令息、とＢＬ作品の主人公としてどうなのか？　とは思いますが『痩《や》せて美少年』はお約束で皆大好きだよね！　と書かせていただきました。お相手の護衛騎士フリッツも脳筋《のうきん》気味だし、最初はお互い興味がないどころか「ちょっと嫌い」だった二人で、どうなる事かと思いましたが、最終的にはどうにかラブラブになってくれてホッとしております。二人とも根が素直な奴なんです。

書き下ろしでは、初心《うぶ》なのに積極的で、どうにか進展させようとするディルクっていうのもエッチでかわいいんじゃないかと書きました。

個人的にはラブ度をかなり上げて書いたつもりなんですが、どうでしたでしょうか？　多分まだまだですね。それでもディルクとフリッツの二人と周囲のキャラたちも可愛がっていただけると幸いです。

挿絵はホームラン・拳《けん》先生に描いていただけました。最初に話が出た時にも、お受けいただけた時にも「え、本当に？」と驚きましたが、実際にキャララフをいただいた時は悶《もだ》えました。ディルクを理想通りの美少年に描いていただけたんですが、それ以上にフリッツの格好《かっこ》良さがすごくて……ホームラン・拳先生に描いていただけた事によって、私の中のフリッツ株が爆上がりしました。普段若干《じゃっかん》とぼけた奴が、急に騎士服でキリっとしていたら、そりゃあディルクももじもじしちゃいますよね！

文庫化にともない、雑誌のあとがきだけだったマルセル兄様も無事イラスト化されました。

やったね。

とにもかくにも、こんな趣味に走りがちなラノベ作家にお声掛けいただけ、こうして文庫化もしていただけた事。そして雑誌で読んでくださった方、この本を手に取ってくださった方、皆さまに感謝をお伝えしたいです。本当にありがたいです。

これからも、読んでいて「楽しい」、読み終えて「楽しかった」と思える作品を、そして自分自身が書いていて「楽しい」と思えるものを書いていく所存ですので、お見掛けの際はどうぞよろしくお願いいたします。

八月八・拝

この本を読んでのご意見、ご感想などをお寄せください。
八月 八先生、ホームラン・拳先生へのはげましのおたよりもお待ちしております。

〒113-0024　東京都文京区西片2-19-18　新書館
[編集部へのご意見・ご感想] 小説ディアプラス編集部「呪われ悪役令息は愛されたい」係
[先生方へのおたより] 小説ディアプラス編集部気付　○○先生

-初出-
呪われ悪役令息は愛されたい：小説ディアプラス23年ナツ号（Vol.90）
愛され悪役令息はもっと愛されたい：書き下ろし

[のろわれあくやくれいそくはあいされたい]
呪われ悪役令息は愛されたい

著者：**八月 八** やつき・わかつ

初版発行：2024年3月25日

発行所：株式会社 新書館
[編集] 〒113-0024
東京都文京区西片2-19-18　電話（03）3811-2631
[営業] 〒174-0043
東京都板橋区坂下1-22-14　電話（03）5970-3840
[URL] https://www.shinshokan.co.jp/

印刷・製本：株式会社 光邦

ISBN978-4-403-52596-4

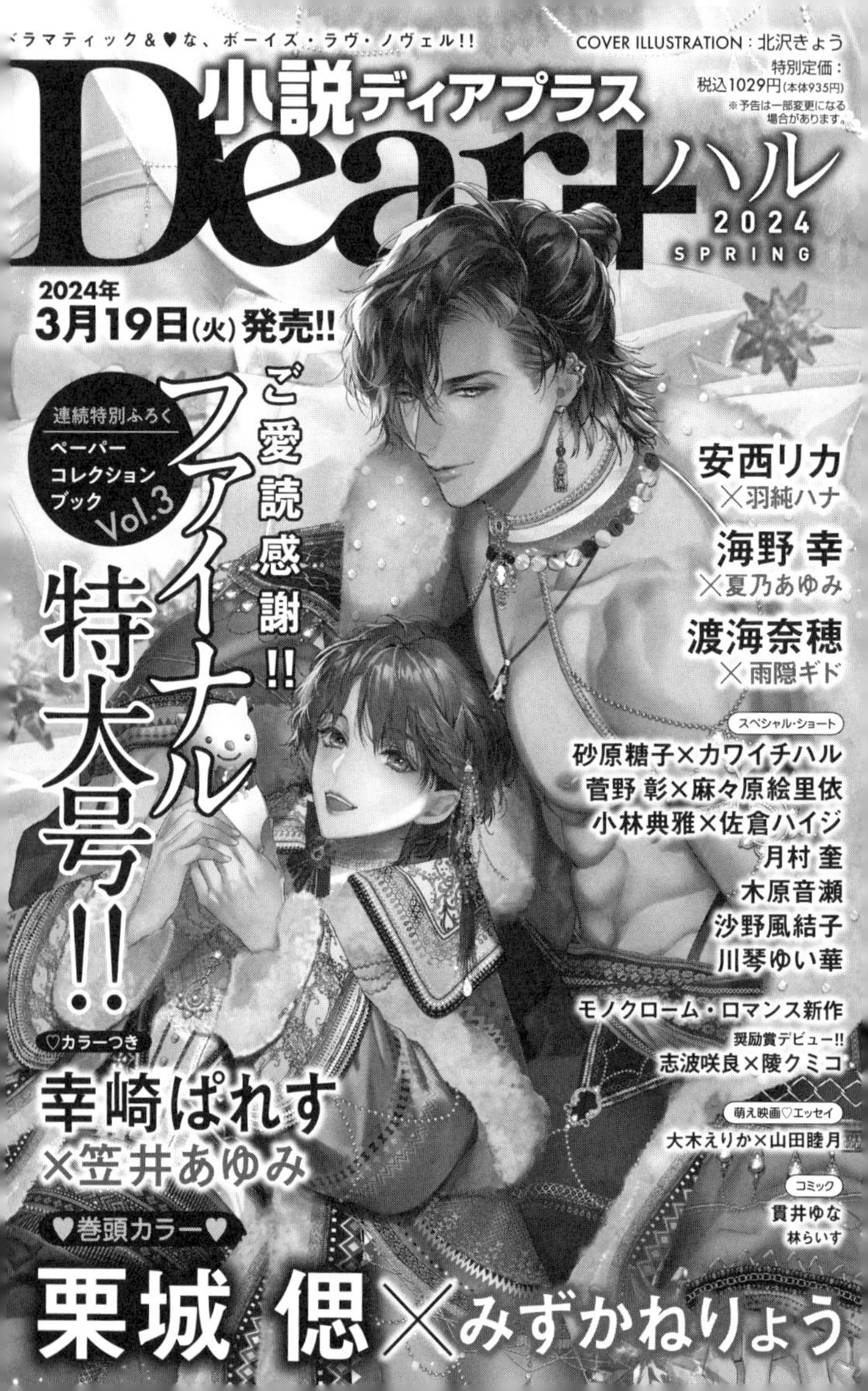

ドラマティック＆♥な、ボーイズ・ラヴ・ノヴェル!!
COVER ILLUSTRATION：北沢きょう
小説ディアプラス
Dear+ ハル
2024
SPRING
特別定価：
税込1029円（本体935円）
※予告は一部変更になる場合があります。
2024年
3月19日（火）発売!!
ご愛読感謝!!
ファイナル特大号!!
連続特別ふろく
ペーパーコレクションブック
Vol.3
安西リカ
×羽純ハナ
海野 幸
×夏乃あゆみ
渡海奈穂
×雨隠ギド
スペシャル・ショート
砂原糖子×カワイチハル
菅野 彰×麻々原絵里依
小林典雅×佐倉ハイジ
月村 奎
木原音瀬
沙野風結子
川琴ゆい華
モノクローム・ロマンス新作
奨励賞デビュー!!
志波咲良×陵クミコ
萌え映画♡エッセイ
大木えりか×山田睦月
コミック
貫井ゆな
林らいす
♡カラーつき
幸崎ぱれす
×笠井あゆみ
♥巻頭カラー♥
栗城 偲×みずかねりょう